Las Mujeres Sabihondas

Por

Molière

PERSONAJES

CRISALIO, burgués.

FILAMINTA, mujer de Crisalio.

ARMANDA y ENRIQUETA Hijas de Crisalio y Filaminta.

ARISTO, hermano de Crisalio.

BELISA, hermana de Crisalio.

CLITANDRO, amante de Enriqueta.

TRISSOTIN, hombre ingenioso.

VADIUS, sabio.

MARTINA, cocinera.

ESPINA, lacayo de Crisalio.

JULIAN, criado de Vadius.

NOTARIO.

La escena en París, en casa de Crisalio

ACTO PRIMERO

ESCENA I

ARMANDA y ENRIQUETA

ARMANDA.-Sí; el bello título de hija es un título, hermana mía, ¿cómo queréis abandonar su encantadora ternura...? ¿Insistís en casaros...? ¿Cómo se os ha podido ocurrir tan vulgar deseo...?

ENRIQUETA.-Sí, hermana mía...

ARMANDA.-¡Ah! ¿Cómo es posible tolerar ese sí...? ¿Quién puede escucharlo sin aflicción...?

ENRIQUETA.-¿Qué tiene en definitiva el matrimonio para obligaros, hermana mía, a...?

ARMANDA.-¡Ah, Dios mío...! ¡Uf!

ENRIQUETA.-¿Cómo?

ARMANDA.-¡Uf!, os repito. ¿No observáis lo repugnante que resulta esa palabra en primera instancia, cómo ofende cual una extraña imagen y a qué sucia visión arrastra al pensamiento...? ¿No os estremecéis...? ¿Podéis,- hermana, condenar vuestro corazón a las consecuencias que se derivan de esa palabra...?

ENRIQUETA.-Las consecuencias que se derivan

de tal palabra son un marido, unos hijos, un hogar... Y pensándolo bien, no veo en el matrimonio nada que ofenda al pensamiento, ni que resulte aterrador.

ARMANDA.-¿Cómo os pueden agradar, ¡oh cielo!, semejantes afectos...?

ENRIQUETA.-¿Y qué tiene que hacer una mujer a mi edad sino atraerse, con el título de esposo, a un hombre que la ama y al que ella corresponde, y con un estado hecho de ternura, crearse las dulzuras de una vida compartida? ¿No ofrece suficientes atractivos vínculo tan armónico...?

ARMANDA.-¡Dios mío, de qué poca calidad es vuestro espíritu! ¡Qué personaje más vulgar representáis en el mundo, limitándoos a las exigencias de un hogar, y sin vislumbrar otros placeres más conmovedores que los que se desprenden de idolatrar a un marido y a unas criaturas! Dejad para la gente común y corriente, para las personas vulgares, las toscas diversiones de esa clase de compromisos. Llevad vuestros propósitos a más altos horizontes, pensad en disfrutar placeres más nobles, y tratando con distancia a los sentidos y a la materia, entregaos por completo al espíritu como yo. A la vista tenéis el ejemplo de nuestra madre, a quien en todos sitios honran con el nombre de sabia; procurad, como en mi caso, mostraros digna hija suya; aspirad al esplendor que tenemos en la familia y haceos sensible a las dulzuras seductoras que el amor al estudio difunde en los corazones. Lejos de sujetaros como una esclava a los dictados de un hombre, desposaos con la filosofía, querida hermana, que nos eleva por encima de todo el género humano, concediendo a la razón el imperio, supremo, sometiendo a sus leyes esa parte animal llena de groseros apetitos que nos rebaja al nivel de las bestias. Considerad los bellos fuegos, los dulces afectos que deben llenar todos los momentos de la vida, y comprenderéis que los afanes a que se limitan tantas mujeres sensibles tienen algo de horrible bajeza.

ENRIQUETA.-El cielo, cuyos designios nos resultan todopoderosos, nos crea al nacer para diferentes puestos; y por sabido se calla que no todos los espíritus están cortados por el mismo patrón, para convertirse en filósofos. Si el vuestro ha nacido fraterno de las grandezas a que se elevan los sabios mediante sus especulaciones, el mío está hecho, hermana, para subsistir a ras de tierra, sintiéndose encantado con dedicarse a las atenciones del hogar. No alteremos !os designios del cielo y respetemos la dirección de nuestros dos impulsos. Vivid, en función del vuelo de vuestro hermoso y gran talento, en las regiones elevadas de la filosofía, mientras mi espíritu, de vuelo más bajo, se dispone a gozar de los encantos terrenales del himeneo. De esta manera, aunque opuestas en nuestros propósitos, imitaremos hasta cierto punto a nuestra madre: vos, por el lado del alma y de los nobles anhelos; yo, por el de los sentidos y el de los placeres groseros; vos, viviendo entregada a las obras espirituales y sublimes; yo, hermana, dedicada por completo a las que pertenezco a la materia.

ARMANDA.-Cuando pretendemos inspirarnos en una persona, hay que parecerse a ella por completo y tomarla por modelo, hermana; sabido es que no tiene que ver con escupir y toser como dicha persona.

ENRIQUETA.-Pero no seríais vos lo que presumís ser, si mi madre no hubiese tenido sino esas bellas cualidades, hermana. No os vino demasiado mal que su doble talento no se dedicara siempre a la filosofía... Soportad con un poco de bondad, por favor, las bajezas a que debéis vuestra superioridad, y no suprimáis como si fuera algo secundario a ese pequeño sabio que quizá quiera venir al mundo...

ARMANDA.-Observo que vuestro espíritu no puede librarse de la loca obstinación de tener un marido; pero, aclaremos, si gustáis: ¿a quién tratáis de escoger...? ¿No habréis puesto vuestras miradas en Clitandro, a lo mejor...?

ENRIQUETA.-¿Y por qué no iba a ponerlas...? ¿Carece acaso de mérito...? ¿Tan indigna os parece mi elección...?

ARMANDA.-No; mas no me parece un proceder honrado intentar quitarle a otra su conquista... Y todo el mundo sabe que precisamente es Clitandro, quien suspira claramente por mí...

ENRIQUETA.-Sí; mas todos esos suspiros para vos, son cosas superfluas, desde el momento que nunca os rebajáis a las cosas humanas; vuestro espíritu está dispuesto a renunciar para siempre al himeneo, y la filosofía a lo que parece, acapara todas vuestras pretensiones. Si vuestro corazón no siente ningún afán por Clitandro, ¿qué os importa que alguien aspire a ese corazón...?

ARMANDA.-El dominio que la razón ejerce sobre los sentidos, no obliga a renunciar a los halagos del incienso, no siendo imposible negar méritos como esposo a quien se considera un leal adorador.

ENRIQUETA.-Nunca me opuse a que Clitandro adorase vuestras perfecciones; me he limitado, en vista de que lo desdeñasteis, a tomar lo que me ha ofrecido el homenaje de su pasión.

ARMANDA.-Mas, ¿encontráis seguro, os ruego, lo que ofrece con ansia un amante despechado...? ¿Creéis su pasión por vuestros ojos, como para que se haya extinguido el antiguo ardor de su corazón... ?

ENRIQUETA.-Él me lo ha dicho, hermana, y yo no he hecho otra cosa que creérmelo.

ARMANDA.-Cuidad vuestra buena fe, hermana mía, y creed, cuando dice amaros porque me deja, que su pensamiento es otro y que personalmente se engaña.

ENRIQUETA.-No sé; más por lo que' se refiere a vuestra opinión, será fácil aclararla. Aquí llega Clitandro, quien podrá darnos la luz suficiente sobre este asunto.

ESCENA II

CLITANDRO, ARMANDA y ENRIQUETA

ENRIQUETA.-Para sacarme de una duda planteada por mi hermana, necesito que decidáis por vuestra parte, Clitandro, entre ella y yo... Hablad claro y decidnos cuál de las dos tiene derecho a pretender vuestros afanes.

ARMANDA.-No, no; no quiero imponer a vuestro amor la violencia de una explicación enojosa; respeto mucho a la gente y sé cuánto fastidia el obligado esfuerzo de confesarme a cara descubierta.

CLITANDRO.-No, señora; mi corazón, nada disimulado, no siente la menor molestia en confesar con entera libertad lo que siente. No me pone en ningún apuro semejante paso... Estando dispuesto a confesar en voz alta, de manera franca y clara, los tiernos lazos en que me considero apresado. (Señalando a Enriqueta.) Mi amor y mis afanes, están todos de esta parte. No os cause trastorno alguno semejante confesión, porque decidisteis que las cosas resultasen así. Vuestros encantos me atrajeron; mis tiernos suspiros no dejaron tampoco de probaros el ardor de mis deseos; mi corazón os consagraba su inmortal ímpetu, mas vuestros ojos no han juzgado bastante hermosa su conquista; he sufrido al someterme al yugo amoroso cien desprecios distintos; reinaron sobre mi alma como tiranos despóticos; y, cansado probablemente de tantas penas, me he buscado vencedores más humanos y cadenas menos duras. (Volviendo a señalar a Enriqueta.) Los he encontrado, señora, en esos ojos, y sus dardos son para mí preciosos basta la eternidad; con mirada piadosa han secado mis lágrimas y no han despreciado con repulsa mi afecto por sus encantos. Tan raras bondades han sabido conmoverme tan profundamente, que no hay nada que sea capaz de despojarme de mis cadenas; y ahora me atrevo a pediros, señora, que no intentéis ningún esfuerzo sobre mi pasión, sino atraer a un alma decidida a morir en este dulce ardor.

ARMANDA.-¡Eh! ¿Quien os ha dicho señor, que me domine semejante deseo y que me preocupe de vos tan entusiásticamente...? Encuentro tan gracioso el que os lo creáis, como impertinente que me lo declaréis.

ENRIQUETA.-¡Eh! Despacio, hermana mía. ¿Cómo olvidáis la moral, dedicada a regir la parte animal y a refrenar los arrebatos de la ira...?

ARMANDA.-Y vos, que de ella me habláis, ¿de qué manera la practicáis aceptando el amor que os brindan sin el consentimiento de quienes lo crearon...? Sabed que el deber os somete a sus le

es; que sólo os está permitido amar en virtud de su elección, que tiene sobre vuestro corazón una suprema autoridad y que resulta criminal veros disponer por vos misma...

ENRIQUETA.-Os agradezco el cariño que me demostráis enumerándome con tanta meticulosidad mis deberes; mi corazón trata de acomodar su conducta a vuestras lecciones; y para probaros, hermana, que las aprovecho, cuidad, Clitandro, de fortificar vuestro amor con el consentimiento de aquellos a quienes debo la existencia. Haced que vuestros anhelos tengan legítima fuerza, e informadme del medio por el que pueda amaros sin incurrir en falta.

CLITANDRO.-Lo procuraré con todas mis ansias, ya que he logrado de vos tan tierno consentimiento.

ARMANDA.-Triunfáis, hermana mía, y podéis suponer que el hecho me apena.

ENRIQUETA.-¿Por qué suponerlo...? Nada de eso. Los derechos de la razón son para vos y lo sé, todopoderosos. Y que, gracias a las lecciones que nos da la cordura, sois capaz de situaros por encima de las flaquezas. Muy lejos de sospechar que ello os apene, creo que os dignaréis prestarme vuestra ayuda, apoyar su petición y, con vuestro consentimiento, acelerar el momento feliz de nuestra boda. Os lo ruego, además... Y para hacerlo...

ARMANDA.-Vuestro pobre espíritu quiere por lo visto burlarse, y os sentís demasiado orgullosa con un corazón que os regalan.

ENRIQUETA.-Aun siendo un corazón regalado, como decís, no creo que os desagrade... Si vuestros ojos pudieran reconquistarlo, tratarían de hacerlo gustosamente...

ARMANDA.-Os daré la callada por respuesta... A palabras necias, oídos sordos...

ENRIQUETA.-Muy propio de vos. Con ello hacéis alarde de una

moderación inconcebible.

ESCENA III

CLITANDRO y ENRIQUETA

ENRIQUETA.-Vuestra sincera confesión no ha podido menos de sorprenderla.

CLITANDRO.-Creo que se merece semejante franqueza, y que todos los desplantes de su loca altivez son dignos, en el peor de los casos, de mi sinceridad. Mas ya que me está permitido, señora, voy ante vuestro padre...

ENRIQUETA.-Lo más importante me parece convencer a mi madre. Mi padre tiene un carácter que todo lo acepta, aunque ponga energía en las cosas que decida... Pero el cielo le ha concedido una bondad de alma que le obliga a someterse a lo que decida su mujer... Ella es la que dicta y gobierna de manera concluyente la ley que se le ocurre. Quisiera como consecuencia que tuvierais, por ella y por mi tía, una actitud, debo confesarlo, más complaciente; un espíritu que, halagando el criterio de los suyos, lograse atraeros su ardiente estimación.

CLITANDRO.-La sinceridad de mi corazón no ha podido nunca, ni aun en el caso de vuestra hermana, someterme a su carácter, dado que las mujeres demasiado suficientes no son de mi agrado. Paso porque una mujer tenga talento para todo; mas rechazo en ella ese extraño deseo de presumir de sabihonda y la complacencia de que así se la considere. Me gusta que, a veces, ante las preguntas que se le planteen, disimule por buen gusto que sabe ciertas cosas; quiero en fin que disimule sus estudios y que sea culta sin parecerlo, sin citar autores, sin recurrir a grandes frases, ni presumir de talento a la primera de cambio. Respeto mucho a vuestra señora madre; mas no puedo, os lo confieso, aprobar sus pretensiones, hacerme eco de la mayoría de las cosas que dice, ni encontrar tolerable la forma en que se inciensa su heroico espíritu. Su señor Trissotin me entristece y aburre; no pudiendo soportar la manera de estimar a semejante persona, ni verla colocar entre los grandes talentos a ese necio cuyas obras rechazan en todas partes... Detesto a ese pedante, cuya pluma magnífica, tiene llena la plaza de escritos inéditos.

ENRIQUETA.-Sus obras, sus- discursos, todo lo que hace y dice me resulta fastidioso... Pienso lo mismo que vos... Mas dada su influencia con mi madre, se me ocurre que debéis ser con él algo más complaciente. Un enamorado hace la corte a todo lo que rodea el corazón que le interesa, intentando conseguir el favor del mundo entero... Si no quiere tener a nadie como enemigo de sus anhelos, debe esforzarse en agradar hasta al perro de la casa.

CLITANDRO.-Tenéis razón, naturalmente; mas el señor Trissotin me inspira en lo más profundo del alma, un dominante pesar. No puedo soportar, con el fin de ganármelo, el deshonrarme como admirador de sus obras...; dándoseme a conocer en principio por éstas, me resultaba demasiado conocido. El párrafo de los escritos con que nos regala, no puede disimular la naturaleza de su pedantesca persona... Y por si fuera poco, hay que consentir su presuntuosa vanidad; su manía de caer siempre bien; ese insolente estado de suma confianza, que le tiene en todo momento tan satisfecho de sí %mismo... No puedo menos de reírme sin cesar de sus presuntos méritos, de que le agrade tanto todo lo que escribe y de que no sea capaz de cambiar su renombre por los acreditados honores de un general glorioso...

ENRIQUETA.-Buen observador resulta quien sabe ver todo eso...

CLITANDRO.-Quise imaginar en qué consistía, valiéndome de los versos con que constantemente nos amenaza, hasta adivinar el aspecto que debía tener el poeta... A tal punto que, al encontrarme no sé qué día a un hombre en el palacio de justicia, aposté a que se trataba de Trissotin en persona, y no me equivoqué...

ENRIQUETA.-¡Bonita historia...!

CLITANDRO.-No; cuento lo ocurrido tal como fue... Mas aquí veo a vuestra tía... Permitid, si os place, que mi corazón le revele, aprovechándome del encuentro, nuestro secreto y que intente el favor de vuestra madre.

ESCENA IV

BELISA y CLITANDRO

CLITANDRO.-Permitid, señora, que un enamorado aproveche para hablaros la propicia ocasión que se le presenta y os descubra la sincera pasión.

BELISA.-¡Ah, cuánta hermosura...! Guardaos de abrirme demasiado vuestra alma. Si he accedido a poneros en la nómina de mis pretendientes, contentaos con vuestros ojos con intérpretes suficientes, y no me expliquéis mediante otro lenguaje, deseos que en mi casa suponen un ultraje. Amadme, suspirad, consumíos por mis hechizos...; pero permitid que no lo sepa... Puedo no hacerme eco de vuestros secretos ardores si os limitáis a poner en juego intercesores mudos... Pero si la boca quiere jugar papel preponderante, habréis de apartaros para siempre de mi vista...

CLITANDRO.-Desearía que no os alarmaran los propósitos de mi corazón. Enriqueta, señora, es el motivo que me apasiona, y vengo a rogar encarecidamente a vuestra bondad que apadrine el amor que me hace cautivo de sus encantos.

BELISA.-¡Ah! ¡Vuestro ardid me resulta notable, os lo confieso...! Ese inútil pretexto merece los máximos elogios, y en todas las novelas que he leído no he encontrado nada más ingenioso...

CLITANDRO.-No se trata de ninguna invención, amiga mía, sino de la declaración abierta que guardo en el alma. Los cielos, con los lazos de un ardor inmutable, han atado mi corazón a las bellezas de Enriqueta, quien me tiene dominado con su amable yugo, y casarme con ella es el único bien a que aspiro... Como vos podéis mucho, quiero que os dignéis favorecer mis anhelos...

BELISA.-Ya veo adónde va a parar, suavemente, la petición que me hacéis, y creo entender perfectamente lo que hay bajo su apariencia. Es un gesto muy hábil por vuestra parte; y para no desengañaron de él, en virtud de las cosas que mi corazón está dispuesto a contestaros, diré que Enriqueta es reacia al matrimonio, y que me parece un poco inútil consumirse por ella, sabiendo de antemano que no lograréis nada...

CLITANDRO.-¡Ah, señora! ¿A qué viene semejante violencia...? ¿Por qué os empeñáis en pensar lo que no es así...?

BELISA.-¡Dios mío! Dejad las buenas formas. Cesad de defenderos de lo que vuestras miradas me dieron a entender en tantas ocasiones. Basta con mostrarse satisfecha de la estratagema inventada diestramente por vuestro amor, y con que, dentro de los límites a que el respeto obliga, esté una dispuesta a permitir su homenaje, siempre que su apasionamiento con honrable dignidad ofrezca a mi decoro deseos suficientemente depurados.

CLITANDRO.-Mas...

BELISA.-Adiós. Por ahora, esto es lo que debe bastaros... Contentaos con que os haya dicho más de lo que hubiera querido deciros...

CLITANDRO.-Mas vuestro error, señora...

BELISA.-No insistáis. Permitid que me sonroje y que mi recato haya tenido que sufrir una violencia sorprendente...

CLITANDRO.-Que me ahorquen si os amo... Y sabed que...

BELISA.-No, no; ahora no quiero saber más.

ESCENA V

CLITANDRO, Solo

CLITANDRO.-¡Al diablo esta loca con sus interpretaciones...! ¿Hase visto nada parecido a sus tercos preconcebimientos...? Vayamos a confiar a otra persona el propósito que me anima y busquemos la ayuda de una persona cuerda...

****

ACTO SEGUNDO

ESCENA I

ARISTO, Solo

ARISTO.-(Despidiéndose de Clitandro y hablándole todavía.) Sí, sí; os traeré la respuesta lo antes que me sea posible; apoyaré, apremiaré, haré todo lo que sea necesario: ¡Cuántas cosas quiere decir un enamorado con una palabra...! ¡Y con qué impaciencia quiere decir lo que desea! Jamás...

ESCENA II

CRISALIO y ARISTO

ARISTO.-¡Ah, Dios os guarde, hermano! CRISALIO.-Y a vos también, hermano mío. ARISTO.-¿Sabéis lo que me trae aquí...?

CRISALIO.-No; mas si os place, estoy dispuesto a escucharon...

ARISTO.-¿Cuánto tiempo hace que conocéis a Clitandro... ?

CRISALIO.-Hace bastante, y le veo frecuentar nuestra casa.

ARISTO.-¿Qué opináis de él, hermano?

CRISALIO.-Le tengo por un hombre honorable, de talento, de corazón y de buena conducta... Encontrando a muy pocas personas parecidas en méritos.

ARISTO.-Cierto deseo suyo ha encaminado mis pasos, y me alegro

11/55

profundamente de que os interéseis por él.

CRISALIO.-Conocí a su difunto padre en mi viaje a Roma.

ARISTO.-Lo celebro.

CRISALIO.-Se trataba, hermano, de un auténtico gentilhombre.

ARISTO.-Eso dicen.

CRISALIO.-No teníamos por aquel entonces más que veintiocho años y éramos ambos, a fe mía, dos magníficos galanes.

ARISTO.-Lo creo.

CRISALIO.-Frecuentábamos las casas de las damas romanas, y todo el mundo se hacía lenguas de nuestras travesuras. ¡Tenían celos de nosotros!

ARISTO.-¡Qué más queríais...! Mas vayamos al tema que me interesa.

ESCENA III

BELISA, entrando sigilosamente y escuchando; CRISALIO y ARISTO

ARISTO.-Clitandro me ruega que actúe de intermediario entre él y vos; su corazón se encuentra enamorado de las gracias de Enriqueta...

CRISALIO.-¡Cómo! ¿De mi hija...?

ARISTO.-Sí; Clitandro está encantado con ella, y convertido en el amante más apasionado que pueda imaginarse.

BELISA.-(A Arisco.) No, no; no es tanto... (A Aristo.) Os he escuchado. Y puedo aseguraros que ignoráis esa historia, y que la cosa no es tal como creéis...

ARISTO. ¿Cómo, hermana mía?

BELISA.-Clitandro abusa un poco de vos... Es de otra persona de quien su corazón se ha enamorado.

ARISTO.-Creo que os burláis... ¿No es a Enriqueta a quien quiere...?

BELISA.-No; estoy segura de lo que os digo.

ARISTO.-Él mismo me lo ha confesado.

BELISA.-¡Ah, sí!

ARISTO.-Aquí me veis, hermana, encargado de pedirla hoy a su padre.

BELISA.-Perfectamente.

AR!STO.-Y su mismo amor me ha rogado que activase todo lo posible el momento de ese enlace.

BELISA.-Mejor aún. No se puede engañar más gentilmente. Enriqueta, entre nosotros, es para él una diversión, un subterfugio ingenioso un pretexto, hermano, para encubrir otros fuegos cuyo misterio conozco, y me gustaría sacaros a los dos de ese error.

ARISTO.-Mas ya que sabéis tantas cosas por lo visto, hermana, decidnos si os place, cuál es esa otra persona que Clitandro ama.

BELISA.-¿Queréis saberlo?

ARISTO.-Sí... ¿Quién es?

BELISA.-Yo.

ARISTO.-¿Vos?

BELISA.-Yo misma.

ARISTO.-¡Ay, hermana mía...!

BELISA.-¿Qué queréis decir con ese «ay»? ¿Qué tiene de sorprendente, además, lo que acabo de decir...? No creo que os sorprenda demasiado escuchar, creo yo, que hay más de un corazón sometido a su imperio... Y que Dorante, Danis, Cleonte y Licidas pueden probar por otra parte que una posee ciertos atractivos...

ARISTO.-¿Todos ellos os aman...?

BELISA.-Sí, con toda su alma.

ARISTO.-Pero, ¿os lo han dicho...?

BELISA.-Ninguno se ha tomado esa licencia... Supieron venerarme hasta hoy con la suficiente firmeza, para no decirme jamás una sola palabra de su amor... Mas, para ofrecerme su corazón y brindarme sus intenciones, los ojos, como callados intérpretes, cumplieron su oficio notablemente.

ARISTO.-No se ve venir por aquí nunca a Damis...

BELISA.-Para demostrarme así su respeto sumiso.

ARISTO.-Durante os ofende, por todas partes, con palabras mordaces.

BELISA.-Dando rienda suelta a los arrebatos de unos celos furiosos.

ARISTO.-Cleonte y Licidas se casaron...

BELISA.-Desesperado por que me mantuve desdeñosa con su pasión.

ARISTO.-A fe mía, que alimentáis puras quimeras...

CRISALIO.-(A Belisa.) De las que debéis desentenderos...

BELISA. - ¡Ah, quimeras...! ¡Quimeras, dicen! ¡Quimeras, yo! ¡No es mala cosa realmente, mi quimera! Y aunque me divierten las quimeras, hermanos, no me creía en realidad tan quimérica.

ESCENA IV

CRISALIO Y ARISTO

CRISALIO.-Nuestra hermana está loca, no hay más que verlo.

ARISTO.-Me parece dominada por una locura progresiva. Pero reanudemos, repito, nuestra conversación interrumpida. Clitandro os pide a Enriqueta por esposa... Ved la respuesta que debéis dar a sus pretensiones.

CRISALIO.-¿Y es necesario que me lo preguntéis...? Consiento en ello de todo corazón, y considero su alianza como un honor extraordinario.

ARISTO.-Ya sabéis que sus bienes no son muchos, y que...

CRISALIO.-Eso no tiene la menor importancia; es rico en virtudes, y ello vale por muchos tesoros; además, su padre y yo, éramos uno solo en dos cuerpos.

ARISTO.-Hablemos a vuestra mujer y procuremos hacerla comprender...

CRISALIO.-Basta; lo acepto por yerno.

ARISTO.-Sí; mas para apoyar vuestro consentimiento, hermano mío, no está de más contar con el de vuestra esposa. Vamos...

CRISALIO.-¿Os burláis un poco...? No lo creo necesario. Respondo de mi mujer, y asumo la responsabilidad de mi decisión.

ARISTO.-Sin embargo...

CRISALIO.-Dejadme hacer, os digo, y no' temáis nada. Voy a prepararla al momento.

ARISTO.-Sea. Yo volveré a sondear a vuestra Enriqueta, y volveré más tarde a saber...

CRISALIO.--Es cosa hecha; voy a contárselo a mi mujer sin pérdida de tiempo.

ESCENA V

CRISALIO y MARTINA

MARTINA.-¡Qué suerte la mía...! ¡Ay! Bien dicen que quien quiere ahogar a su perro le declara rabioso, y que servicio ajeno no es ninguna herencia...

CRISALIO.-¿Qué es eso? ¿Qué tenéis, Martina?

MARTINA. ¿Que qué tengo?

CRISALIO.-Sí.

MARTINA.-Pues tengo... que acaban de despedirme, señor.

CRISALIO.-¿Que te han despedido?

MARTINA.-Sí; acaba de echarme el ama.

CRISALIO.-Pero no lo entiendo. ¿Cómo es posible que... ?

MARTINA.-Se me amenaza, si no salgo de aquí, con darme cien palos...

CRISALIO.-No; os quedaréis; yo estoy muy contento de vos... A mi mujer se le sube a veces la sangre a la cabeza. Pero yo no quiero...

ESCENA VI

FILAMINTA, BELISA, CRISALIO y MARTINA

FILAMINTA.-(Viendo a Martina.) ¡Cómo! ¿Todavía aquí, bribona...? ¡Salid pronto de mi casa, bigarda...! Vamos, dejad vuestro puesto y no volváis a poneros delante de mí.

CRISALIO.-Poco a poco.

FILAMINTA.-Que no... Se acabó.

CRISALIO.-¿Eh?

FILAMINTA.-Quiero que se vaya...

CRISALIO.-Mas, ¿qué es lo que ha hecho para que la queráis...?

FILAMINTA.-¿Cómo? ¿Es posible que la defendáis...?

CRISALIO.-De ninguna manera.

FILAMINTA.-¿Os ponéis de su parte...?

CRISALIO.-¡No, Dios mío! Lo único que quiero es saber lo que ha hecho.

FILAMINTA.-¿Me creéis capaz de echarla sin motivo justificado...?

CRISALIO.-Yo no he dicho eso; mas es preciso que nuestra gente...

FILAMINTA.-Lo dicho; se irá de aquí, os repito.

CRISALIO.-Bueno, sí. ¿Pero quién os dice lo contrario?

FILAMINTA.-No acepto que nadie contradiga mis deseos.

CRISALIO.-De acuerdo.

FILAMINTA.-Y vos debéis, Como esposo razonable, poneros de mi parte y compartir mi enojo.

CRISALIO.-{Volviéndose a Martina.) ¡Y eso es lo que hago...! Sí, sí; mi mujer tiene toda la razón para echaros, pícara, y vuestro crimen no merece perdón.

MARTINA.-¿Y qué es lo que he hecho yo, si se puede saber... ?

CRISALI O.-(Bajo.) Pues no lo sé...

FILAMINTA.-¿Será posible que tenga el valor de no obedecernos...?

CRISALIO.-¿Rompió Martina, provocando vuestra ira, algún espejo o alguna porcelana...?

FILAMINTA.-¿Iba yo a echarla por esa causa...? ¿Os figuráis que puedo enojarme por tan poca cosa...?

CRISALIO.-(A Martina.) ¿Qué debo decir...? (A Filaminta.) ¿Tan grave es el motivo...?

FILAMINTA.-Naturalmente. ¿Soy yo, acaso, una insensata...?

CRISALIO.-¿Es que ha permitido, por descuido, que nos roben una jarra o una bandeja de plata...?

FILAMINTA.-Eso no sería nada.

CRISALIO.-(A Martina.) ¡Oh oh! ¡Caramba con Martina! (A Filaminta.) ¡Cómo! ¿La habéis sorprendido en plena infidelidad...?

FILAMINTA.-Algo mucho peor que eso.

CRISALIO.-¿Peor que eso...?

FILAMINTA.-Peor.

CRISALIO.-(A Martina.) ¡Diantre! ¿Qué hiciste, bribona...? (A Filaminta.) ¡Eh! ¿Ha cometido ella... ?

FILAMINTA.-Ha ofendido mis oídos con una insolencia insoportable, y después de treinta lecciones, con la falta de propiedad de una palabra salvaje y ordinaria, que el gramático Vaguelas condena en términos decisivos.

CRISALIO.-¿Y ésa es la...?

FILAMINTA.-¡Cómo! ¡Estar siempre agraviando a la gramática, piedra angular de todas las ciencias, pese a nuestras amonestaciones...! ¡No respetar la gramática que rige hasta los monarcas, haciéndolos con su arrogancia obedecer sus leyes...!

CRISALIO.-¡La creí culpable del mayor de los crímenes!

FILA MINTA.-¡Cómo! ¿No- encontráis imperdonable ese crimen...?

CRISALIO.-Probablemente.

FILAMINTA.-¡Me horripilaría que lo disculpaseis todavía...!

CRISALIO.-Dios me guarde.

BELISA.-Nada tan lamentable como deshacer toda construcción... Y eso que se le han repetido cien veces las leyes del lenguaje...

MARTINA.-Todo lo que predicáis está muy bien. Mas yo no sabré nunca hablar en vuestra jerga...

FILAMINTA.-¡Descarada! ¡Llamar jerga al lenguaje basado en la razón y en el buen uso...!

MARTINA.-Si se hace una entender es que se habla bien, y todos vuestros términos no sirven de nada...

FILAMINTA.-¡Eh! ¿Qué os parece? Ved su estilo. ¡No sirven de nada!

BELISA.-¡Oh cerebro indócil! ¿Puede soportarse, pese a lo que nos preocupamos, que no se te pueda enseñar a hablar correctamente...? Haces un suo doble e innecesario al decir «no sirven», y luego «de nada»... Ya te hemos dicho que basta con un sólo término para indicar una misma cosa.

MARTINA.-¡Dios mío! ¡Yo no estudié como vos, y hablo como solemos hablar entre nosotros...!

FILAMINTA.-¡Ah! ¿Puede aguantarse esto...?

BELISA.-¡Horrible solecismo!

FILAMINTA.-Es como para destrozar cualquier oído sensible.

BELISA.-¡Confieso que tu espíritu es demasiado materialista! ¿Pretendes pasarte toda la vida ofendiendo a la gramática...?

MARTINA.-¿Quién habla de ofender a nadie...?

FILAMINTA.-¡Oh cielo!

BELISA.-Todo lo entiendes al revés; ya se te ha dicho de dónde proviene esa palabra.

MARTINA.-Por mí, que venga de Chaillot, de Hauteuil o de Pontoise, me es lo mismo.

BELISA.-¡Qué espíritu tan pueblerino...! La gramática nos enseña las leyes del verbo y del nominativo, e igualmente del adjetivo con el sustantivo.

MARTINA.-Tengo que deciros una vez más, señora, que yo no conozco a esas gentes.

BELISA.-Son nombres de palabras y debe considerarse lo que es preciso hacer para que concuerden.

MARTINA.-Que se pongan de acuerdo o que se apaleen..., ¿y a mí que me importa...?

FILAMINTA.-(A Belisa.) ¡Ah, Dios mío! Terminad esta escena. (A Crisalio.) ¿No queréis echarla de casa...?

CRISALIO.-(Aparte.) ¿Qué debo hacer...? No queda otro remedio que secundar su capricho. (A Martina.) Anda, no la irrites más; retírate, Martina.

FILAMINTA.-¡Cómo! ¿Teméis ofender a esa pícara... ? Veo que le habláis en un tono demasiado amable...

CRISALIO.-(Con voz firme.) ¿Yo...? Nada de eso. Vamos, marchaos. Vete, criatura.

ESCENA VII

FILAMINTA, CRISALIO y BELISA

CRISALIO.-Ya estáis satisfecha; se marchó la mujer. Mas a decir verdad, no apruebo semejante medida; era una muchacha que servía para su trabajo, a quien habéis echado por una razón gratuita...

FILAMINTA.-¿ Quisierais que siguiese a mi servicio para que me atormentara sin cesar los oídos y quebrantase toda ley de uso y de razón con su bárbaro repertorio de vicios gramaticales, de palabras desfiguradas, ligadas constantemente con proverbios adquiridos en el mismísimo arroyo...?

BELISA.-En realidad, se transpira soportando su lenguaje; destroza a Vaugelas todos los días, y los más ligeros defectos de ese tosco cerebro son el pleonasmo o la cacofonía.

CRISALIO.-¿Y qué importa que no obedezca las leyes de Vaugelas, con tal que cumpla con la cocina...? Prefiero, desde mi punto de vista, que al limpiar sus verduras concuerde erróneamente los nombres con los verbos y repita cien veces una palabra fea y ordinaria a que abrase la carne o sale demasiado el puchero. Se vive de buenos caldos y no de buen lenguaje. Vaugelas no enseña cómo se hace la sopa; y Malherbe y Guez de Balzac tan sabios en bellas palabras, hubieran sido unos necios en lo que a la cocina se refiere.

FILAMINTA.-¡Cómo me hastían tan groseros razonamientos...! ¡Y qué indigno m c parece un hombre, rebajarse constantemente a los cuidados materiales, en vez de elevarse hacia los espirituales! Este andrajo del cuerpo, ¿tiene la suficiente importancia para preocuparnos de él? ¿No debemos, en realidad, olvidarlo lo más posible...?

CRISALIO.-Sí; como mi cuerpo soy yo mismo, quiero cuidarlo... Todo lo andrajo que queráis; pero yo quiero que este andrajo esté lo más cuidado posible...

BELISA.-El cuerpo con el espíritu, componen algo importante, hermano mío; más como afirma cualquier persona inteligente, el espíritu debe ir siempre a la vanguardia del cuerpo; y nuestro mayor cuidado, nuestra constante preocupación, debe ser la de nutrirle con el suficiente jugo científico.

CRISALIO.-A Fe mía, si pensáis alimentar vuestro espíritu, hacedlo con carne magra, como suele decirse... No tengáis ningún cuidado, la menor solicitud por...

FILAMINTA.-¡Ah! Eso de «solicitud» me destroza el oído. Me huele demasiado a cosa antigua.

BELLISA.-En verdad, no puede ser más anticuado semejante vocablo.

CRISALIO.-¿ Queréis que os hable con absoluta franqueza...? Me obligáis a estallar, a quitarme el disfraz y a dar rienda suelta a mi bilis. Os tienen por locas por algo, y me rebosa el corazón...

FILAMINTA.-¿Qué decís...?

CRISALIO.-(A Belisa.) A vos me refiero, hermana. El menor solecismo os irrita cuando habláis; pero más irritáis vosotras, con vuestra extraña conducta. Vuestros eternos libros no me satisfacen; y, salvo un grueso Plutarco con el que aliso mis valonas, deberíais quemar todos esos volúmenes inútiles y dejar la ciencia a los doctores de la ciudad; quitarme, para obrar cuerdamente, ese largo anteojo que en nuestro granero asusta a las gentes, así como cien baratijas de aspecto molesto... No hay que ir a buscar a la Luna lo que en ella se hace, sino preocuparos un poco más de lo que se hace en vuestra casa, donde toda anda sin pies ni cabeza. No es muy decoroso, por muchas razones, que una mujer estudie y sepa demasiadas cosas. Educar en las buenas costumbres el alma de sus hijos, procurar que funcione su hogar, vigilar a sus gentes y cuidar del presupuesto con prudencia, debe ser su verdadero estudio y su filosofía. Nuestros padres eran en ese aspecto gentes muy sensatas, cuando decían que una mujer sabe bastante si llega a diferenciar y se eleva espiritualmente distinguiendo un jubón de unas calzas. Las suyas no leían tanto, pero vivían rectamente; sus hogares suponían su entretenimiento más importante, y sus libros eran el dedal, el hilo y las agujas, con los que cuidaban atentamente la ropa de sus hijos. -Las mujeres modernas están muy lejos de aquellas costumbres, quieren escribir, llegar a ser escritoras. Para ellas no hay ciencia demasiado profunda, y aquí mucho más que en otro lugar cualquiera, descubren los más graves secretos, como si en mi casa se supiera todo..., salvo lo que de verdad debe saberse. Se conoce cómo andan la Luna y la estrella polar, Venus, Saturno y Marte, con los que no tengo relaciones; y en esa ciencia vana, que tan lejos se busca, no se sabe cómo marcha mi puchero, cosa muy importante. Mis gentes aspiran a la ciencia porque les divierte, y todos hacen menos lo que tienen que hacer. Razonar es la tarea en esta casa, aunque el razonamiento suplante a la razón. Hay quien deja quemar mi asado leyendo alguna historia; hay quien sueña con versos cuando necesito vino; en fin, veo que siguen vuestro ejemplo, y que a pesar de tener criados, no estoy nunca servido. Habíame quedado al menos una pobre sirvienta que no estaba contagiada por esa epidemia, y en vista de eso, la echan con gran escándalo, porque ofende cuando habla a Vaugelas. Tengo que decíroslo, hermana mía: todas estas estupideces me irritan, desde el momento que es a vos a quien me dirijo... No quiero en mi casa a esas gentes amigas vuestras y de los latines, y en particular, a ese señor Trissotin... Él es quien, con sus versos, os ha desacreditado... Todo lo suyo tiene algo de desvarío... Cuando se procura saber lo que ha dicho después de sus peroratas, fácil resulta comprender que tiene vena de loco...

FILAMINTA.-¡Dios mío...! ¡Qué bajeza de alma y de lenguaje...!

BELISA.-¿Hase visto alguna vez un conglomerado más tosco de corpúsculos mezquinos, un espíritu compuesto de átomos más burgueses...? ¿Será posible que tenga yo esa misma sangre...? No me perdono el ser de vuestra raza, y me alejo realmente confundida de vuestro lado. (Vase.)

ESCENA VIII

FILAMINTA.-¿Os queda todavía algún dardo que lanzar... ?

CRISALIO.-¿A mí? No. Terminemos estas discusiones; doy la cosa por acabada... Hablemos de otro asunto... A vuestra hija mayor..., se le nota cierto despego por los vínculos matrimoniales; es una filosofía en definitiva, y como consecuencia, no digo nada; está sabiamente educada, y hacéis muy bien; mas el carácter de la pequeña es muy distinto y creo que conviene casarla, elegirle un marido...

FILAMINTA.-Había pensado en ello y quería participaros mis proyectos. A ese señor Trissotin, que se nos reprocha corno un crimen, y que no tiene el honor de contar con vuestra estima, he pensado en elegirlo como esposo adecuado, pues sé mejor que vos apreciar lo que vale. Me parece inútil cualquier discusión sobre el tema, puesto que tengo resuelto definitivamente cl asunto. No digáis una palabra, al menos, sobre la elección realizada; quisiera hablar de ello con nuestra hija antes de que vos lo hagáis. Dispongo de muchas razones que aprobarán mi conducta, y ya sabré si se lo habéis comunicado.

ESCENA IX

ARISTO y CRISALIO

ARISTO.-¿Y qué? He visto salir a vuestra esposa, hermano. Veo que tuvisteis una conversación.

CRISALI O.-Sí.

ARISTO.-¿Cuál es el resultado...? ¿Se refiere a nuestra Enriqueta...? ¿Dio vuestra esposa Su consentimiento...? ¿Está resuelto el asunto...?

CRISALIO.-No se ha resulto, todavía.

ARISTO.-¿Se niega ella...?

CRISALI O.-No.

ARISTO.-¿ Vacila, probablemente...?

CRISALIO.-De ningún modo.

ARISTO.-¿Qué es lo que ocurre entonces...?

CRISALIO.-Lo que ocurre, es que me propone a otra persona para yerno.

ARISTO.-¿A otro hombre para yerno...?

CRISALIO.-Sí, a otro.

ARISTO. (Que se llama...?

CRISALIO.-El Señor Trissotin.

ARISTO.-¿Cómo...? ¿Ese señor Trissotin que...?

CRISALIO.-Sí, sí; cl que habla siempre de versos ¡atines.

ARISTO.-¿Y le habéis aceptado?

CRISALIO.-¿Yo? En absoluto. ¡Dios no lo quiera!

ARISTO.-¿Y qué le respondisteis...?

CRISALIO.-Nada... Y celebro no haber dicho ni una palabra, para no comprometerme...

ARISTO.-La razón es magnífica, y creo que habéis dado un gran paso. ¿Supisteis, al menos, proponerle a Clitandro...?

CRISALIO.-No... Al ver que hablaba de otro yerno, creí preferible no adelantar nada.

ARISTO.-En realidad, es admirable vuestra prudencia. ¿No os da sin embargo vergüenza tanta blandura...? ¿Es posible que un hombre tenga la suficiente debilidad para conceder a su esposa un poder absoluto y para no atreverse a contradecir lo que ella piensa...?

CRISALIO.-¡Dios mío, hermano, qué ligeramente habláis...! No podéis imaginaros lo que me desagrada el escándalo. Me gusta la calma, la paz, la suavidad, y mi mujer tiene un carácter horroroso. Da una gran importancia a la filosofía, pero no por eso deja de ser colérica. Y su moral, fundada en el desprecio del bien, opera como nada sobre la acritud de su bilis. A poco que se le lleve la contraria, tiene uno para ocho días de tempestad espantosa. Me deja temblando cuando adopta ese tono; no sé dónde meterme, puesto que se convierte en un verdadero dragón; pese a lo cual, y a pesar de su furia, tengo que llamarle «corazón» y «alma mía.»

ARISTO.-Vamos, queréis burlaros. Vuestra mujer, dicho entre nosotros, os domina por vuestras cobardías. Su poder se funda en vuestra debilidad, siendo vos el que le conferís el título de dueña absoluta; os entregáis vos mismo a sus destemplamientos, y os dejáis manejar como un cordero. ¡Cómo! ¿No es posible, viendo lo que os llama la gente, decidiros alguna vez a ser hombre, a que acate vuestra voluntad una mujer, a tener el suficiente temple para decir «yo quiero...»? ¿Vais a permitir, sin avergonzaros, que sacrifiquen a vuestra hija a las locas quimeras que tienen trastornada a vuestra familia y a entregar todos vuestros bienes a un necio por seis palabras latinas dichas en voz alta; a un pedante que vuestra mujer llama de manera gratuita ingenio, gran filósofo y hombre cuyos versos galantes nadie ha igualado, y que no es, como se sabe, nada de todo eso? Vamos, repito que queréis burlaros, y que vuestra cobardía sólo merece risa.

CRISALIO.-Sí; tenéis razón; veo perfectamente que hago mal. Por lo visto, hermano, hay que mostrar más energía.

ARISTO.-Bien dicho.

CRISALIO.-Resulta denigrante estar sometido al poderío de una mujer.

ARISTO.-Muy bien.

CRISALIO.-Mi esposa se ha apoderado demasiado de mi blandura.

ARISTO.-Es cierto.

CRISALIO.-Y gozado demasiado de mi condescendencia.

ARISTO.-Sin duda.

CRTSALIO.-Quiero hacerle-saber, antes de nada, que mi hija es mi hija, y que soy dueño de buscarle un marido de acuerdo a mis deseos.

ARISTO.-Comenzáis a poneros razonable; así os quiero ver.

CRISALIO.-Estáis de parte de Clitandro y sabéis dónde se encuentra; hacedle venir lo antes posible, hermano.

ARISTO.-Corro a cumplir vuestras órdenes.

CRISALIO.-Como he aguantado demasiado, quiero sentirme hombre delante de todo el mundo.

****

ACTO TERCERO

ESCENA 1

FILAMINTA, ARMANDA, BELISA, TRISSOTIN y ESPINA

FILAMINTA.-¡Ah! Coloquémonos aquí para escuchar tranquilamente esos versos, que hay que sopesar palabra por palabra.

ARMANDA.-Ardo en deseos de escucharlos.

BELISA.-En casa, nos morimos de ansia.

FILAMINTA.-(A Trissotin.) Nada me encanta de tal manera, como lo que viene de vos.

ARMANDA.-Vuestras cosas son para mí un regalo sin posible rival.

BELISA.-Se trata de un alimento exquisito que dais a mis oídos.

FILAMINTA.-No hagáis aumentar más tan apremiantes deseos.

ARMANDA.-Daos prisa.

BELISA.-Pronto; permitid nuestro goce.

FILAMINTA.-Ofreced vuestro epigrama a nuestra impaciencia.

TRISSOTIN.-(A Filaminta.) ¡Ay! Se trata de un recién nacido, señora; su suerte tiene todo el derecho a conmoveros; es como si fuese a ciar a luz en vuestra corte.

FILAMINTA. - Para hacérmelo único, basta con que seáis su padre.

TRISSOTIN.-Vuestra aprobación la servirá de madre.

BELISA.-¡Qué talento tiene!

ESCENA II

Los mismos

FILAMINTA.-(A Enriqueta, que quiere retirarse.) ¡Hola! ¿Por qué huis...?

ENRIQUETA.-Por miedo de turbar un coloquio tan íntimo.

FILAMINTA.-Acercaos y venid, con la atención necearía, para tener el placer de escuchar maravillas.

ENRIQUETA.-Entiendo muy poco la belleza de lo escrito, y no son mi fuerte las cosas espirituales.

FILAMINTA.-Eso no importa; quizá por ello tengo que deciros un secreto que debéis inmediatamente conocer.

TRISSOTIN.- (A Enriqueta.) Las ciencias no tienen nada que puedan cautivaros, aunque vos sólo no hagáis otra cosa que cautivar.

ENRIQUETA.-Ni lo uno ni lo otro; no tengo el menor deseo...

BELISA.-¡Ah! Ocupémonos del recién nacido, os lo ruego.

FILAMINTA.-(A Espina.) Vamos, muchacho; trae pronto sillas. (Espina, se cae.) ¡Vaya con el impertinente! ¿Es que puede uno caerse después de haber aprendido el equilibrio de las cosas...?

BELISA. ¿No comprendes, ignorante, las causas de tu caída, motivada por haber separado del punto fijo lo que se llama el centro de gravedad... ?

ESPINA.-Ya lo he visto, señora, cuando estaba en el suelo...

FILAMINTA.-(A Espina, que sale.) ¡Qué torpísimo!

TRISSOTIN.-¡Bien le vale no ser de vidrio...!

ARMANDA.-¡Ah! ¡El espíritu siempre y sobre todo...!

BELISA.-No se le agota nunca. (Se sientan.)

FILAMINTA.-Servimos lo antes posible vuestro amable alimento.

TRISSOTIN.-Para ese hambre voraz que se me brinda, un plato de ocho versos paréceme muy poco; y creo que en este caso, no cometeré ningún abuso añadiendo al epigrama, o sino al madrigal, la salsa de un soneto que en casa de una princesa fue recibido como algo muy delicado. Todo él se encuentra sazonado de sal ática, y creo que lo consideraréis de bastante buen gusto.

ARMANDA.-¡Ah, no lo dudo!

FILAMINTA.-Escuchémoslo pronto.

BELISA.-(Interrumpiendo a Trissotin, cada vez que se dispone a leer.) Siento estremecerse de gusto mi corazón por adelantado. Me encanta la poesía con locura, sobre todo cuando los versos son de tono galante.

FILAMINTA.-Si seguimos hablando, no podrá decir nada.

TRISSOTIN.-So...

BELISA.- (A Enriqueta.) Silencio absoluto.

ARMANDA.-¡Ah, dejadle leer!

TRISSOTIN.-(Leyendo.) «Soneto a la fiebre de la princesa Ucrania.» Vuestra prudencia está dormida por tratar con magnificencia y alojar soberbiamente a vuestra más cruel enemiga.

BELISA.-¡Qué magnífico comienzo!

ARMANDA.-¡Qué giro más galante!

FILAMINTA.-Sólo él posee el talento necesario para los versos fáciles.

ARMANDA.-Hay que rendirse ante esa «prudencia dormida.»

BELISA.-«Alojar a su cruel enemiga», está para lleno de encantos.

FILAMINTA.-Me gustó ese «con magnificencia» y ese «soberbiamente.» ¡Cómo suenan esos dos calificativos!

BELISA.-Prestemos oído a lo demás. Vuestra prudencia está dormida por tratar con magnificencia y alojar soberbiamente a vuestra más cruel enemiga.

ARMANDA.-¡Prudencia dormida!

BELISA.-¡Alojar a su enemiga!

FILAMINTA.-¡Con magnificencia y soberbiamente!

TRISSOTIN.-(Sigue leyendo.) Haced que salga, digan lo que digan, de vuestra rica habitación, donde esa ingrata insolente ataca vuestra bella vida.

BELISA.-¡Ah!... Despacio... Dejadme respirar, por favor...

ARMANDA.-Dadnos tiempo, si os place, para poder admirar.

FILAMINTA.-Siente una ante esos versos, un no se qué que nos deja pasmadas, derramándose hasta el fondo del alma.

ARMANDA. Haced que salga, digan lo que digan, de vuestra rica habitación ¡Qué bellamente resulta expresado lo de esa «rica habitación»! ¡Con qué talento está colocada ahí la metáfora!

FILAMINTA.-«Haced que salga, digan lo que digan.» ¡Ah! Este «digan lo que digan», supone un gusto único... Es, a mi juicio, un pasaje impagable.

ARMANDA.-También mi corazón se ha enamorado de ese «digan lo que digan.»

BELISA.-Soy de vuestro mismo parecer; ese «digan lo que digan» es un hallazgo felicísimo.

ARMANDA.-Me hubiera gustado escribirlo yo misma...

BFLISA.-Vale por toda una obra.

FILAMINTA.-Mas ¿se comprenderá tan perfectamente su finura, como yo la comprendo?

ARMANDA Y BELISA.-¡Oh, oh!

FILAMINTA.-«Haced que salgan, digan lo que digan.» Cuidad ahora de la fiebre; no tengáis consideración ninguna; burlaos de todas las habladurías. «Haced que salgan, digan lo que digan.» Este «digan lo que digan»... dice mucho más de lo que se supone. Yo no sé si todos los oyentes serán de mi parecer; mas en esas cuatro palabras, oigo un millón...

BELISA.-Realmente, dice muchas más cosas de las que aparenta.

FILAMINTA.-(A Trissotin.) Mas cuando escribisteis este encantador «digan lo que digan», ¿comprendisteis toda su energía...? Pensasteis honradamente vos mismo, todo lo que expresa...? ¿Se os ocurrió entonces que poníais en ese verso tanto ingenio...?

TRISSOTIN.-¡Ay, ay!

ARMANDA.-Tengo también el «ingrata» en la cabeza; esa ingrata agitada, injusta, indigna, que trata mal a quienes la alojan en su casa.

FILAMINTA.-En fin: los dos cuartetos resultan admirables. Pasemos pronto a los tercetos, os lo ruego.

ARMANDA.-¡Ah!, recitad otra vez ese «digan lo que digan», por favor...

TRISSoTIN.-«Haced que salga, digan lo que digan»...

FILAMINTA, ARMANDA Y BELISA.-¡Digan lo que digan!

TRISOTIN.-...«de vuestra rica habitación.»

FILAMINTA, ARMANDA Y BELISA.-¡Rica habitación!

TRISSOTIN.-... « donde esa ingrata insolentemente»...

FILAMINTA, ARMANDA Y BELISA.-¡Ese «ingrata» ardorosa!

TRISSOTIN.-...«ataca vuestra bella vida.»

FILAMINTA.-¡A vuestra bella vida!

ARMANDA Y BELISA.-¡Ah!

TRISSOTIN.-¡Cómo! Sin respetar vuestro linaje, ella paga a vuestra sangre..., FILAMINTA, ARMANDA Y BELISA.-¡Ah!

TRISSOTIN.-...y noche y día os ultraja. Si al baño la conducís sin dudar para vengaros, ahogadla con vuestras propias manos.

FILAMINTA.-Yo no puedo más.

BELISA.-Es un pasmo.

ARMANDA.-Se muere una de placer.

FILAMINTA.-Os sentís estremecida por mil dulces escalofríos.

ARMANDA.-«Si al baño la conducís.»

BELISA.-«Sin duda para vengaros.»

FILAMINTA.-« Ahogadla con vuestras propias manos.»

ARMANDA.-Yo encuentro en vuestros versos un rasgo seductor a cada paso.

BELISA.-Vaga una extasiada por todas partes.

FILAMINTA.-No se camina sino entre bellas cosas.

ARMANDA.-Es como si se tratase de senderos sembrados de rosas.

TRISSOTIN.-¿Os parece, entonces, el soneto...?

FILAMINTA.-Admirable, originalísimo; nadie ha podido hacer nada tan hermoso.

BELIsA.-(A Enriqueta.) ¡Cómo! ¿No os emociona semejante lectura...? ¡Me parece muy extraño vuestro comportamiento, sobrina mía...!

ENRIQUETA.-Cada cuál se comporta en este mundo, tía, como puede; y espíritu ingenioso no lo tiene todo el que lo desea.

TRISOTIN.-Quizá le importunen mis versos a esa señorita.

ENRIQUETA.-Nada de eso. Yo no escucho.

FILAMINTA.-¡Ah!... Oigamos el epigrama.

TRISSOTIN.-« Sobre una carroza color amaranto, ofrecida a una dama amiga.»

FILAMINTA.-Ya vuestros títulos tiene algo particularísimo.

ARMANDA.-Su originalidad nos dispone a cien bellos rasgos de ingenio.
TRISSOTIN.-El amor me ha vendido tan caro su lazo...

FILAMINTA, ARMANDA Y BELISA.-¡Ah!

TRISSOTIN.-...que me ha costado la mitad de mis bienes, y cuando ves esa hermosa carroza donde tanto oro nutre las formas todo el país se asombra y hace suntuosamente triunfar a mi Lais...

FILAMINTA.-¡Ah!... ¡Mi Lais! Que fina cultura...

BELIsA.-La forma es bellísima y vale un millón.

TRISSOTIN.-(Repitiendo.) Y cuando ves esa hermosa carroza donde tanto oro nutre las formas todo el país se asombra y hace suntuosamente triunfar a mi Lais, no digas ya que es amaranto, di más bien que es de mi renta.

ARMANDA.-¡Oh, oh, oh! Esto sí que es inesperado.

FILAMINTA.-Solo él puede escribir con tal gusto.

BELISA.-No digas ya que es amaranto, di más bien que es de mi renta.

FILAMINTA.-No sé desde el momento que os conocí, si mi espíritu se sintió prendido; sólo sé que admiro en todo momento vuestros versos y vuestra prosa.

TRISSOTIN.-(A Filaminta.) Si quisierais mostrarnos algo vuestro, podríamos aprovechar la ocasión para admirarla.

FILAMINTA.-No he hecho nada en verso; mas tengo esperanzas de poderos enseñar muy pronto, a título amistoso, ocho capítulos del plan de nuestra academia. Platón se detuvo simplemente en este proyecto cuando escribió el tratado de su república; mas quiero realizar por completo una idea que hasta ahora sólo está redactada en papel y en prosa. Ya que, en fin, siento un singular despecho por la injusticia que con nosotros se comete, relegándonos a esa categoría indigna en la que nos colocan los hombres, limitando nuestras dotes a futilidades y cerrándonos las puertas a las claridades sublimes.

ARMANDA.-Ofensa excesiva hacen a nuestro sexo los que reducen tan sólo el valor de nuestra inteligencia a la opinión sobre una falda, sobre la gracia de un manto o sobre las bellezas de un encaje o de un nuevo brocado.

BELISA.-Es preciso alzarse contra ese afrentoso reparto y dejar bien claro que nuestro espíritu puede actuar libre de cualquier dependencia.

FILAMINTA.-También el sexo os hace justicia en esas materias; mas queremos demostrar a ciertos hombres, cuyo encumbrado saber nos trata con desprecio, que las mujeres están dotadas como ellos; que como ellos pueden celebrar doctas reuniones, llegadas a ellas con los mejores propósitos; que quieren reunir casi siempre lo que otros separan, mezclar el habla bella con la ciencia pura, descubrir la naturaleza por medio de mil experiencias, y sobre las cuestiones que puedan presentarse, admitir todas las sectas sin adherirse a ninguna.

TRISSOTIN.-Yo me adhiero por su orden al peripatetismo.

FILAMINTA.-Para las abstracciones prefiero lo platónico.

ARMANDA.-Me complace Epicuro, puesto que sus dogmas son sólidos.

BELISA.-Yo me arreglo perfectamente con los corpúsculos; mas como el vacío a soportar me resulta difícil, prefiero con mucho gusto la materia sutil.

TRISSOTIN.-Descartes acierta, a mi modo de ver, con lo del imán.

ARMANDA.-Me agradan sobre todo sus torbellinos.

FILAMINTA.-Y a mí su mundos flotantes.

ARMANDA.-Estoy deseado que se abra nuestra asamblea para que nos distingamos con algún descubrimiento.

TRISSOTIN.-Se espera mucho de vuestras claras mentes; para vosotras no tiene misterios la naturaleza.

FILAMINTA.-Por mi parte, he hecho ya uno: he visto claramente algunos hombres en la luna.

BELISA.-Yo no he visto todavía' hombres; pero he divisado campanarios de manera tan clara como os estoy viendo ahora.

ARMANDA.-Profundizarmos tanto en la física como en la gramática, la historia, la poesía, la moral y la política.

FILAMINTA.-La moral tiene enfoques que cautivan mi corazón, y era en otros tiempos, la afición predilecta de los grandes espíritus; mas en su plano, doy la prioridad a los estoicos, al no encontrar nada tan hermoso como su maestro.

ARMANDA.-En cuanto a la lengua, estudiaremos el asunto en nuestros reglamentos, pues pretendemos hacer innovaciones en la misma. Por una antipatía, justa o natural, sentimos todas una aversión mortal a una serie de palabras, ya sean verbos o nombres que nos repartiremos mutuamente; preparamos contra ellas sentencias de muerte...; abriendo nuestros debates con el deseo de abolir de una vez por todas, ciertas palabras de las que deseamos ver limpia de una vez la prosa y los versos.

FILAMINTA.-Mas el más bello proyecto de nuestra academia, noble empresa que me tiene encantada, deseo glorioso que será muy celebrado por todos los grandes talentos de la posteridad, es la supresión de esas sílabas repugnantes que tanto trastornan las mas bellas frases; esos eternos juguetes de los necios vulgares, esos lugares comunes, insulsos, ele los graciosos de mal género, orígenes de _un repertorio de infames equívocos con que se ofende al pudor femenino.

TRISSOTIN.-¡He aquí ciertamente una serie de proyectos admirables!

BELISA.-Ya veréis nuestros estatutos cuando estén terminados.

TRISSOTIN.-Serán, a no dudarlo, tan brillantes como sensatos.

ARMANDA. - Nos constituiremos nosotras mismas, como consecuencia de nuestras propias leyes, en jueces absolutos de las obras. Nadie tendrá talento, salvo nosotras, claro está, y nuestros amigos. Buscaremos por todos lados motivos de censura y dictaminaremos que tan solo nosotros sabemos escribir.

ESCENA III

Los mismos y ESPINA

ESPINA.-(Trissotin.) Señor, ahí está un hombre que quiere hablaros; Viene Vestido de negro y habla de un modo suave. (Todos se levantan.)

TRISSOTIN.-Es ese amigo mío que con tanta insistencia ha solicitado le concedáis el honor de conoceros.

FILAMINTA.-Teneis absoluta libertad para presentarle. (Trissotin sale al encuentro de Vadius.)

ESCENA IV

FILAMINTA, BELISA, ARMANDA y ENRIQUETA

FILAMINTA.-(A Armanda y a Belisa.) Hagamosle los honores de nuestro espíritu, al menos. (A Enriqueta, que trata de salir.) ¡Hola! Ya os dije con bastante claridad que os necesitaba.

ENRIQUETA.-¿Y puede saberse para qué...?

FILAMINTA.-Venid; ya se os dirá lo antes posible.

ESCENA III

Las mismas, TRISSOTIN y VADIUS

TRISSOTIN.-(Presentando a Vadius.) He aquí al hombre que moría de deseos de conoceros; al presentárosle, no temo la posible censura por haber traído un profano a Vuestra casa, señora, ya que puede ocupar un sitio honroso entre los ingenios más altos.

FILAMINTA.-La mano que le presenta acredita su valía.

TRISSOTIN.-Posee la plena inteligencia de los autores clásicos, y sabe el griego, señora, como quien mejor lo sepa en Francia.

FILAMINTA.-¡El griego, oh cielo! ¡Sabe el griego, hermana!

ARMANDA.-¡El griego! ¡Qué dulzura!

FILAMINTA.-¡Cómo! ¿Que este señor sabe el griego...? ¡Ah, permitidme y hacedme la merced que por amor al griego, señor, os abrace! (Vadius abra-a también a Belisa y a Armanda.)

ENRIQUETA.-(A Vadius, que pretende abrazarla.) Excusadme, señor; yo no sé el griego. (Se sientan todos.)

FILAMINTA.-Tengo por los libros griegos un maravilloso respeto.

VADIUS.-Temo ser enojoso, señora, con la pasión que hoy me impulsa a rendiros mi homenaje, y pienso si habré llegado a perturbar algún docto coloquio.

FILAMINTA.-Señor, con el griego no hay posibilidad de perturbar nada.

TRISSOTIN.-Hace, además, maravillas en Verso, lo mismo que en prosa, y podría si quisiese enseñaron alguna de ellas.

VADIUS.-El defecto de los autores, con sus obras, es el de tiranizar las conversaciones, estar en el palacio de justicia, en el paseo, en las alcobas, en las mesas, leyendo incansables sus aburridos Versos. Por mi parte, no Veo nada tan necio como el autor que Va por todas partes mendigando alabanzas, y que al cegar los oídos de los primeros que llegan, hace de ellos con frecuencia los mártires de las Veladas. En mí nunca se ha dado obstinación tan loca, y en eso comparto el criterio de un griego que prohibía de manera tajante a todos sus sabios, ese indigno deseo de leer sus obras. He aquí unos Versitos para jóvenes amantes, sobre los que quisiera saber Vuestro juicio.

TRISSOTIN.-Vuestros Versos poseen bellezas de las que carecen muchos otros.

VADIUS.-Venus y las gracias imperan en todos los Vuestros.

TRISSOTIN.-Tenéis un estilo suelto y un bello repertorio de palabras.

VADIUS.-En Vos se hallan constantemente el «ithos» y el «pathos«

TRISSOTIN.-Hemos Visto églogas Vuestras de un estilo que supera en dulces atractivos a Teócrito y a Virgilio.

VADIUS.-Vuestras odas tienen un aire noble, galante y tierno, que deja muy lejos de Vos al propio Horacio...

TRISSOTIN.-¿Hay algo tan amoroso como Vuestras canciones?

VADIUS.-¿Puede leerse nada igual que Vuestros sonetos?

TRISSOTIN.-¿Nada que sea tan atrayente como vuestros randós?

VADIUS.-¿Algo tan lleno de ingenio como Vuestros madrigales?

TRISSOTIN.-En las baladas, sobre todo, sois admirable.

VADIUS.-En Vuestros finales rimados, es donde yo os encuentro único.

TRISSOTIN.-¡Si Francia reconociera Vuestra Valía!

VADIUS.-¡Si el siglo hiciese justicia a los Verdaderos ingenios!

TRISSOTIN.-Iríais en carroza dorada por las calles.

VADIUS.-Veríamos a la gente erigiéndoos estatuas. (A Trissotin.) ¡No sé! Se trata de una balada, y quiero que me digáis con franqueza...

TRISSOTIN.-¿Habéis Visto cierto sencillo soneto sobre la fiebre que se ha apoderado de la princesa Urania?

VADIUS.-Sí; ayer me lo leyeron en una reunión.

TRISSOTIN.-¿Y no sabéis quién es el autor...?

VADIUS.-No; mas sé muy bien, con toda franqueza, que su soneto no Vale nada.

TRISSOTIN.-Sin embargo, mucha gente lo encuentra admirable.

VADIUS.-Lo cuál no impide que sea malísimo, y si lo conocierais, seríais de mi gusto.

TRISSOTIN.-Sé que en ese aspecto no lo soy, en absoluto, y que existe muy poca gente capacitada para hacer ese soneto.

VADIUS.-¡Guárdeme el cielo de hacer nada semejante!

TRISSOTIN.-Pues yo creo que no se puede hacer otro mejor, y la razón más convincente que tengo para ello, es que yo soy su autor.

VADIUS.-¿Vos?

TRISSOTIN.-Yo.

VADIUS.-No comprendo cómo se puede hacer semejante cosa.

TRISSOTIN.-Me siento desgraciado por no baberos agradado.

VADIUS.-Es posible que cuando lo escuché estuviese distraído, o quizá fue el lector quien destrozó el soneto. Mas dejemos tan enojoso asunto y Veamos mi balada.

TRISSOTIN.-La balada, para mi gusto, es una cosa insulsa; pasó la moda del género; pertenece a otra época.

VADIUS.-La balada encanta, sin embargo, a mucha gente.

TRISSOTIN.-Lo cual no impide que a mí no me guste.

VADIUS.-Les resulta prodigiosamente atractiva a los pedantes.

VADIUS.-Y sin embargo a vos, no os agrada. (Se levantan.)

TRISSOTIN.-Atribuís neciamente Vuestras cualidades a los demás.

VADIUS.-Y Vos me atribuis impertinentemente las vuestras.

TRISSOTIN.-¡Idos por ahí, escritorzuelo, emborronador de papel!

VADIUS.-¡Idos por ahí, poeta chirle, oprobio del gremio!

TRISSOTIN.-Idos por ahí, plagiario, descarado imitador!

VADIUS.-¡Idos por ahí, galopín de colegio!

FILAMINTA.-¡Eh, señores! ¿Qué pretendéis hacer... ?

TRISSOTIN.-(A Vadius.) Anda, procura devolver todos los Vergonzantes latrocinios que te reclaman griegos y latinos.

VADIUS.-Y anda tú a pedir perdón al honorable Parnaso por haber hecho Versos que estropearon a Horacio.

TRISSOTIN.-Acuérdate de tu libro y de su escaso éxito.

VADIUS.-Y tú con tu libreto, condenando al hospital...

TRISSOTIN.-Mi gloria es un hecho y en Vano la desdeñas.

VADIUS.-Sí, sí; te remito a Boileau, el autor de las Sátiras.

TRISSOTIN.-Y yo también a ti.

VADIUS.-Tengo la satisfacción de haberme Visto tratado más honrosamente. De pasada, me dedica una leve pulla entre Varios autores que en palacio Veneran; mas jamás con tus Versos a ti te deja en paz, Viéndose claramente que eres el blanco constante de sus dardos.

TRISSOTIN.-Es por ello por lo que me considero en un plano de cosas más elevado. El te sitúa en el montón como a un miserable; cree que es bastante un golpe para aniquilarte, y no te ha hecho nunca el honor de nombrarte dos Veces. A mí, en cambio, me ataca como un noble adversario, con el cual cree necesario redoblar sus esfuerzos; y sus golpes contra mí, repetidos en todos sitios, prueban que no se cree Victorioso nunca.

VMDIUS.-Mi pluma te enseñará que clase de hombre puedo ser.

TRISSOTIN.-Y la mía sabrá descubrirte a tu maestro.

VADIUS.-Te desafío en Verso, prosa, en griego y en latín.

TRISSOTIN.-Pues bien: nos Veremos frente a frente en casa de Barbin el librero.

ESCENA VI

Los mismos, menos VADIUS

TRISSOTIN.-No censuréis mi arrebato: es Vuestro criterio el que defiendo, señora, al defender el soneto que ha tenido la audacia de atacar.

FILAMINTA.-Quiero esforzarme por tranquilizaron; hablemos pues de otro asunto. Acercaos, Enriqueta. Desde hace ya algún tiempo mi alma se inquieta al advertir que en Vos no se revela ningún talento; mas creo haber encontrado un medio de que ello ocurra.

ENRIQUETA.-Es pretender algo innecesario por mi parte; los doctos coloquios no me interesan; me gusta vivir cómodamente, y en todo lo que aquí se dice hay que esforzarse demasiado para tener ingenio; es ésta una ambición que no siento y me encuentro perfectamente, madre mía, siendo normal; prefiero no decir más que palabras Vulgares, en Vez de atormentarme por afán de pronunciar bellas frases.

FILAMINTA.-Sí; pero me siento dolida, y no es mía la culpa de sentir en mi sangre Vergüenza parecida. La belleza de un rostro es un débil ornato, flor pasajera, breve resplandor adherido únicamente a la simple epidermis; mas la del espíritu es firme y propia. He buscado, pues, durante largo tiempo el procedimiento para daros la belleza que los años no pueden marchitar, haciéndoos sentir afición por las ciencias, preocupándoos por los bellos conocimientos, y el proyecto que favorecen mis anhelos es el de Vincularos a un hombre rebosante de ingenio. (Mostrando a Trissotin.) Y ese hombre es el señor en quien os recomiendo Veáis al esposo que mi elección os destina.

ENRIQUETA.-¡A mí! ¿Es cierto, madre?

FILAMINTA.-Sí; a Vos. Haceos la tonta un poco.

BELISA.-(A Trissotin.) Os comprendo; vuestros ojos reclaman m¡ confesión para comprometer fuera un corazón que yo poseo. Vamos, accedo. Consiento en ese himeneo que logrará estableceros.

TRISSOTIN.-(A Enriqueta.) No sé qué deciros por culpa de mi arrebato, señora, y este himeneo con el que tanto se me honra, me sitúa...

ENRIQUETA.-¡Despacio, caballero! Aún no se ha realizado; no os apresuréis demasiado.

FILAMINTA.-¿Qué manera de responder es ésta? ¿Sabéis que si yo...? Basta. Creo que me entendéis. Volveré pronto a la cordura. Vamos, dejémosla hacer.

ESCENA VII

ENRIOUETA Y ARMANDA

ARMANDA.-Ya vemos cómo trabaja vuestra madre por vos, y su elección no podía recaer en un esposo más ilustre...

ENRIQUETA.-Sí, la elección es bella... ¿Por qué no la hacéis vuestra?

ARMANDA.-Es a vos y no a mí a quien se ha dado esa mano.

ENRIQUETA.-Yo os lo cedo todo, como a mi hermana mayor.

ARMANDA.-Si el matrimonio me pareciera encantador como a vos, aceptaría el ofrecimiento con gran entusiasmo.

ENRIQUETA.-Si Yo tuviera a los pedantes como vos, metidos en la cabeza, le encontraría un partido excelente.

ARMANDA.-Sin embargo, aunque nuestros gustos no puedan ser más diferentes, debemos obedecer, hermana, a nuestros padres. Una madre tiene sobre nosotras un poder absoluto, y en vano creéis que vuestra resistencia...

ESCENA VIII

Las mismas, ARISTO, CLITANDRO Y CRISALIO

CRISALIO.-(Enriqueta, presentándole a Clitandro.) Vamos, hija mía, es preciso que aprobéis mi deseo. Quitaos ese guante. Dad la mano al señor, y consideradle de aquí en adelante en vuestra alma, como el hombre de quien quiero que seáis la esposa.

ARMANDA.-Vuestra inclinación por ese lado, es muy grande, hermana...

ENRIQUETA. - Debemos obedecer, hermana, a nuestros padres; un padre tiene sobre nosotras el poder absoluto...

ARMANDA.-Y una madre también tiene derecho a gran parte de nuestra obediencia.

CRISALIO.-¿Qué dices?

ARMANDA.-Digo que mucho me temo que sobre esto, no estéis mi madre y vos demasiado de acuerdo, y que es otro esposo el que...

CRISALIO.-Callaos, sabihonda: id a filosofar con ella a vuestras anchas y no intervengáis para nada en mis acciones. Comunicadle mi pensamiento y advertirle además que no venga a calentarme las orejas; vamos, pronto...

ESCENA IX

CRISALIO, ARISTO, ENRIOUETA Y CLITANDRO

ARISTO.-Muy bien. Hacéis maravillas.

CLITANDRO.-¡Qué arrobo! ¡Qué alegría! ¡Ah, qué dulce es mi suerte!

CRISALIO.-(A Clitandro.) Vamos, coged su mano y marchad delante de nosotros; llevadla a su aposento. ¡Ah, qué dulces caricias! (A Aristo.) ¿Lo veis...? Mi corazón se conmueve con estas ternezas; esto rejuvenece por completo los días perdidos y me recuerda mis jóvenes amores.

****

ACTO CUARTO

ESCENA I

FILAMINTA Y ARMANDA

ARMANDA.-Sí; nada detuvo su espíritu indeciso; se ha envanecido de su obediencia; su corazón, para entregarse, apenas si se ha tomado ante mí el tiempo suficiente para acatar la ley, y parecía cumplir menos la voluntad de mi padre, que jactarse de oponerse a las órdenes de una madre.

FILAMINTA.-Ya la haré ver con suficiente claridad a cuál de esas dos leyes están sometidas todos sus deseos por los derechos de la razón, y quién debe mandar, si su madre o su padre, si el cuerpo o el espíritu, la forma o la materia.

ARMANDA.-Se os debía, cuando menos, un cortés cumplimiento, y ese caballerito procede extrañamente, queriendo llegar a ser vuestro yerno en contra vuestra.

FILAMINTA.-No ha conseguido todavía lo que su corazón pretende. Yo le encontraba apuesto y me complacían vuestros amores; mas, en su manera de proceder, siempre me ha contrariado. Sabiendo que me dedico a escribir, a Dios gracias, no ha querido nunca que le leyese nada.

ESCENA II

CLITANDRO, entrando cautelosamente y escuchando sin mostrarse; ARMANDA y FILAMINTA

ARMANDA.-Yo en vuestro lugar no toleraría que llegase a ser el esposo de Enriqueta. Sería ofenderme pensar que hablo de esto como hija interesada, y que la cobarde jugada que él me hace suscita, en el fondo de mi corazón, algún secreto despecho. El alma se fortalece mediante tales golpes gracias al sólido recurso de la filosofía, y gracias a ella puede una colocarse por encima de todo; mas trataros así es abusar de vuestra paciencia. A vuestro honor incumbe oponeros a sus deseos; y él, en fin, un hombre que no debe agradaros. No he visto nunca, hablando entre nosotras, que os tuviera el menor aprecio.

FILAMINTA.-¡El muy necio!

ARMANDA.-Por mucho alcance que logre vuestra gloria siempre a la hora de alabaros ha parecido de hielo.

FILAMINTA.-¡El muy bruto!

ARMANDA.-Y he leído veinte veces, como si fueran inéditos, versos vuestros que él no ha encontrado bellos.

FILAMINTA.-¡El impertinente!

ARMANDA.-A menudo, teníamos nuestras discusiones, y no podéis imaginar cuántas necedades...

CLITANDRO.-(A Armanda.) ¡Eh, más despacio, por favor! Un poco de caridad, señora, o al menos un poco de honradez. ¿Qué mal es el que yo os he hecho? ¿Y cuál es mi ofensa para proyectar contra mí toda vuestra elocuencia, querer aniquilarme y poner demasiado afán en hacerme odioso a las gentes que me son necesarias..-..? Hablad, decidme: ¿de dónde procede ese maldito enojo? Quiero que vos, señora, seáis un juez imparcial de lo que aquí se diga.

ARMANDA.-Si sintiese el enojo de que me acusáis, encontraría razones poderosas para justificarlo. Lo mereceríais, y la primera pasión establece unos derechos tan sagrados sobre las almas, que debe perderse la fortuna y hasta la vida antes que entregarse a los ardores de otro amor. No hay horror parecido a este del cambio de deseos, y todo corazón infiel es un monstruo moral.

CLITANDRO.-¿Llamáis, señora, infidelidad a lo que como reacción a vuestra alma me ha ordenado el orgullo...? No hago más que obedecer a las leyes que se me imponen, y si ofendo, ésa es sólo la causa. Vuestros hechizos cautivaron en principio mi corazón. Se consumió durante dos años en un amor constante; no existen afanes solícitos, deberes, respetos y servicios que no os haya ofrendado amorosamente. Toda mi pasión, todos mi anhelos no consiguieron lo más mínimo. Os encontré enemiga de mis más tiernos deseos; lo que vos rechazasteis se lo he dado a elegir a otra. Decid, señora: la culpa ¿es mía, o vuestra? ¿Corre por cuenta de mi corazón este cambio o sois vos quien le habéis empujado a cambiar? ¿Soy yo quien os deja, o vos quien me alejáis...?

ARMANDA.-¿Me consideráis, señor, opuesta a vuestros deseos por tratar de despojarlos de lo que tienen de vulgares, procurando reducirlos a esa pureza en que consiste la belleza del amor verdadero? ¿No podríais tener por mí vuestro pensamiento limpio y absolutamente alejado del comercio de los sentidos...? ¿Y no gozáis en sus más dulces hechizos de esa unión de los corazones, en la que no intervienen para nada los cuerpos. Vos no podéis amar más que con un amor grosero, con todo el aparato de las ligaduras de la materia y para alimentar el ardor que provocan en vos sólo os interesa el casamiento y todo lo que de él se deriva. ¡Ah, qué extraño amor! ¡Y qué distantes están las bellas almas de consumirse en esas llamas terrenales! Los sentidos no toman parte en todos sus ardores, y ese bello fuego no quiere más que unir los corazones enamorados. Deja y desprecia el resto como cosa indigna; es un fuego puro y limpio como el fuego celeste; por su causa sólo se lanzan suspiros honestos, sin inclinarnos hacia los sucios deseos. Nada impuro se mezcla al objeto preferido; se ama por amar y no por otra cosa; sólo al espíritu van todos los arrebatos, y no se nota nunca que existe el cuerpo.

CLITANDRO.-Por lo que a mi desgracia se refiere señora, noto, aunque os desagrade, que tengo un cuerpo además de un alma; lo siento existir de tal modo que no puedo olvidarlo; no conozco las artes necesarias para tales desligamientos; el cielo me ha negado esa filosofía, y mi alma y mi cuerpo viven en estrecha compañía. Nada hay más hermoso, como habéis dicho, que esos deseos depurados, que sólo se dirigen al espíritu; esos enlaces de los corazones y esos tiernos pensamientos, tan bien separados del comercio de los sentidos; mas esos amores me resultan demasiado sutiles; soy un tanto grosero como decís, acusándome; amo con todo mi ser, y el amor que me dan abarca, lo confieso, a toda la persona amada. No es motivo éste de grandes castigos, y sin censurar vuestros bellos sentimientos, veo que en el mundo se sigue bastante mi método, que el matrimonio está bastante de moda, pasa por ser un vínculo bastante honesto y dulce para que deseara yo convertirme en vuestro esposo sin que la libertad de semejante pensamiento haya dado motivo para que parezcáis ofendida.

ARMANDA.-Pues bien, señor, pues bien: ya que sin escucharme vuestros brutales sentimientos quieren contentarse; ya que para obligaros a unos fieles ardores, son precisos los lazos de la carne, las corporales, si mi madre consiente, convenceré a mi espíritu de que por vos, acceda a lo que se trata.

CLITANDRO.-Yo no es tiempo, señora; otra ha ocupado vuestro sitio, y con tal cambio, parecería una torpeza por mi parte maltratar su amparo y agraviar las mercedes gracias a las cuales he podido salvarme de todas vuestras altiveces.

FILAMINTA.-Mas en fin: ¿contáis, señor con mi aprobación, al pretender ese otro matrimonio...? ¿En vuestras quimeras cabe, si os place, el que haya elegido otro esposo para Enriqueta...?

CLITANDRO.-¡Ah, señora! Considerad, os ruego, vuestra elección; no me expongáis, por favor, a semejante ignominia ni me forcéis al indigno destino de ser rival del señor Trissotin. El amor a los altos ingenios, que me es contrario en vuestro caso, no podía oponerme a un enemigo menos noble. Hay muchos pedantes de su clase que el mal gusto del siglo ha dado crédito; mas el señor Trissotin no ha podido engañar a pesar de ello a nadie, y todos hacen la justicia que corresponde a los escritos que pergeña. Excepto aquí, le estiman por todas partes en lo que vale; y lo que me ha sorprendido en veinte ocasiones es veros elevar hasta el cielo unas nimiedades que todo el mundo despreciará si vos las hicierais.

FILAMINTA.-Si le juzgáis de modo tan distinto al nuestro, es porque le miráis con distintos ojos.

ESCENA III

Los mismos y TRISSOTIN

TRISSOTIN.-(A Filaminta.) Vengo a anunciaros una gran noticia. De buena nos hemos librado durmiendo, señora... Ha pasado junto a nosotros un mundo, y ha caído a través de nuestro torbellino; de haberse encontrado nuestra tierra en el camino, lo habría roto en pedazos como si fuese de vidrio.

FILAMINTA.-Dejemos ese discurso para mejor ocasión: el señor no le encontraría ni razón, ni sentido; hace alardes de profesar la ignorancia, y sobre todo, de odiar el espíritu y la ciencia.

CLITANDRO.-Esa verdad requiere alguna aclaración. Me explicaré, señora; odio únicamente la ciencia y el talento que perjudican a las personas. En sí, son cosas buenas y bellas; mas prefiero pertenecer a la categoría de ignorante, a sentirme sabio como ciertas gentes.

TRISSOTIN.-No creo por mi parte, cualesquiera sean las razones que se aduzcan, que la ciencia pueda perjudicar á nadie.

CLITANDRO.-Y yo pienso que, en hechos y en propósitos, la ciencia es propicia para la creación de grandes vicios.

TRISSOTIN.-Tremenda paradoja.

CLITANDRO.-Sin ser demasiado hábil, seríame fácil probar mi aserto. Si me faltasen razones, estoy seguro de que lo que me faltarían, en el peor de los casos, serían ejemplos famosos.

TRISSOTIN.-Podréis citarlos; no conseguiríais nada.

CLITANDRO.-No tendría que ir muy lejos para encontrar los necesarios.

TRISSOTIN.-No veo por mi parte esos ejemplos famosos.

CLITANDRO.-Pues yo los veo tanto, que me saltan a la vista.

TRISSOTIN.-YO siempre había creído hasta ahora que era la ignorancia quien creaba los necios, nunca la ciencia.

CLITANDRO.-Pues habéis creído mal, y yo os garantizo que un sabio necio es mucho peor que un necio ignorante.

TRISSOTIN.-El sentimiento general no está de parte de vuestras máximas, ya que „ignorante y necio son términos sinónimos.

CLITANDRO.-Si os fijáis un poco en el uso de la palabra, es más fuerte aún la vinculación existente entre pedante y necio.

TRISSOTIN.-La necedad en uno se deja ver muy clara.

CLITANDRO.-Y el estudio en otro corrige a la naturaleza.

TRISSOTIN.-El saber supone de por si un mérito indudable.

CLITANDRO.-El saber, en un fatuo, resulta impertinente.

TRISSOTIN.-Debe tener para vos muchos atractivos la ignorancia, puesto que la defendéis con mucho entusiasmo.

CLITANDRO.-La ignorancia tiene para mí grandes atractivos, desde que he conocido a ciertos sabios...

TRISSOTIN.-Esos seudosabios es posible que valgan, una vez conocidos, tanto como ciertas gentes que vemos parecérseles...

CLITANDRO.-Sí; siempre que les hagamos caso, aunque en ello no estemos demasiado de acuerdo todos.

FILAMINTA.-(A Clitandro.) Me parece, señor...

CLITANDRO.-¡Eh, señora, por favor! El señor es lo bastante fuerte para pasar sin ayuda; es ya demasiado para mí oponerme a tan rudo agresor, y si me defiendo, lo hago tan sólo como si retrocediera...

ARMANDA.-Mas la ofensiva acritud de cada réplica que vos...

CLITANDRO.-¿Otra madrina...? Abandono la partida.

FILAMINTA.-Pueden soportarse esta clase de polémicas mientras no se ataque personalmente a nadie.

CLITANDRO.-¡Ah, Dios mío! Todo lo que he dicho no tiene nada de ofensivo. Se trata de un hombre entendido en burlas como buen francés, y otros dardos muy distintos supongo que le habrán herido, sin que jamás le hayan servido para otra cosa que para burlarse.

TRISSOTIN.-No me extraña en el combate que hemos entablado ver defender— al señor la tesis que ha elegido; se halla muy difundida en la corte, y con eso está todo dicho. La corte, como nadie ignora, no siente precisamente una gran ininación por el ingenio... Siente bastante empeño por apoyar la ignorancia... Y este cortesano mantiene su defensa...

CLITANDRO.-Mucho detestáis a esa pobre corte, y es grande su desgracia viendo que, a diario, altos ingenuos como vos claman contra ella que le echáis la culpa de todas vuestras contrariedades, y que, censurando su mal gusto, él tan solo resulta culpable de vuestros fracasos. Permitidme, señor Trissotin, sin embargo, que os diga, con todo el respeto que vuestro nombre se merece, que haríais mejor, lo mismo vuestro compañero que vos, en hablar de la corte en un tono más mesurado, puesto que no es tan necia como vosotros pretendéis que sea; que tiene bastante sentido común para enjuiciarlo todo; que en ella puede adquirirse todavía cierto buen gusto, y el ingenio mundano vale en ella, sin que esto suponga lisonja alguna, mucho más que el oscuro sabor de la pedantería.

TRISSOTIN.-Ya puede verse, señor, el resultado de su buen gusto...

CLITANDRO.-¿Y cómo veis, señor, que lo tenga tan malo... ?

TRISSOTIN.-Lo que veo, señor, es que, en la ciencia, Rasius y Baldus son un honor para Francia, y que toda su valía, públicamente aceptada, no atrae en manera alguna los ojos y las dignidades de la corte.

CLITANDRO.-Observo vuestro pesar y cómo, por modestia, os habéis exceptuado, señor, de la lista. Y para no incluiros por mi parte en este caso, os pregunto: ¿qué hacen por el estado vuestros hábiles héroes? ¿Qué servicios le prestan sus servicios para acusar a la corte de tanta injusticia y quejarse en todas partes que sobre sus doctos nombres deja ella de acudir con el favor de sus dones? ¡Su sabiduría es muy necesaria a Francia! ¡La corte tiene conocimiento de los libros que escriben! Paréceles a tres bergantes, de cerebro estrecho, que por haber sido impresos y encuadernados en piel, les convierten en importantes personajes del estado capaces de decidir con su pluma el destino de las coronas; que a la menor difusión de sus obras deben ver entrar en sus casas las pensiones volando; que el mundo vive pendiente de ellos; que la gloria de su nombre está divulgada por todas partes, y que constituyen verdaderos prodigios científicos, por saber lo que otros supieron antes que ellos, por haber tenido treinta años ojos y oídos, por haber consumido nueve o diez mil vigilias en impregnarse a conciencia de griego y latín, cargándose el espíritu con el tenebroso botín de todos los párrafos perdidos por los libros.

Gentes que parecen estar siempre ebrias de sapiencia; ricos, por todo mérito, en charlatanería inoportuna; inútiles para todo; exentos de sentido común y tan abundantes en ridículos y en impertinencia como para desacreditar en cualquier parte a la ciencia y al espíritu.

FILAMINTA.-Es grande vuestro ardor, y tal arrebato natural en vos, revela la causa de ese impulso. El nombre de rival excita en vuestra alma...

ESCENA IV

Los mismos y JULIÁN

JULIÁN.-El sabio que hace poco os ha visitado, y del que tengo el honor de ser humilde criado, os ruega mi señora, que leáis este billete.

FILAMINTA.-Por importante que sea lo que quiera que lea, sabed amigo, que resulta una simpleza venir a interrumpir un coloquio cualquiera; y que debe recurrirse a la servidumbre de una casa para entrar en ella como un criado que sabe vivir.

JULIÁN.-Anotaré eso, señora, en mi libro.

FILAMINTA.-(Lee.) «Trissotin se ha vanagloriado, señora, de que se casaría con vuestra hija. Os advierto que su filosofía sólo codicia vuestras riquezas y que haréis bien en no concertar ese matrimonio hasta que conozcáis el poema que compongo contra él. En espera de ese retrato, que pretendo lograr con vivos colores, os envío Horacio, Virgilio, Terencio y Catulo, en los que veréis anotados al margen todos los pasajes que plagiaron.» He aquí, en torno. a este pretendido casamiento, cómo se ataca al mérito por todos sus enemigos; y este desencadenamiento me lleva hoy a realizar un acto que confunda a la envidia y que le haga comprender que sus esfuerzos sólo acelerarán el resultado de lo que intenta evitar.

(A Julián.) Repetid todo esto, sin dilación, a vuestro amo. Y decidle que, para que sepa el gran aprecio en que tengo sus nobles advertencias y hasta qué punto las considero dignas de ser atendidas, que esta noche casaré a mi hija con el señor. (Señala a Trissotin.)

ESCENA V

FILAMINTA, ARMANDA v CLITANDRO

FILAMINTA.-(A Clitandro.) Y vos, señor, como amigo de toda la familia, podréis asistir como testigo a la firma del contrato de esponsales; deseo invitaros vivamente a este acto de mi parte. Armanda, cuidad de que avisen al notario; id también a comunicar la noticia a vuestra hermana.

ARMANDA.-No será necesario avisarla; el señor se tomará la molestia de correr a llevarle muy pronto esta noticia y a preparar su corazón para que se os rebele.

FILAMINTA.-Veremos quién tiene más poder en definitiva sobre ella y si sabré obligarla o no a cumplir con su deber. (Vase.)

ESCENA VIII

ENRIQUETA Y CLITANDRO

CLITANDRO.-Por muy poderosa ayuda que se prometa a mi amor, mi más sólida esperanza es vuestro corazón, señora.

ENRIQUETA.-Por lo que se refiere a mi corazón, bien seguro podéis estar de él...

CLITANDRO.-Yo no puedo ser dichoso, sino contando con su apoyo.

ENRIQUETA.-Vos veis a qué unión pretenden obligarme.

CLITANDRO.-Mientras que vuestro corazón sea mío, no temeré nada.

ENRIQUETA.-Voy a intentarlo todo en beneficio de nuestros más dulces anhelos; y si todos mis esfuerzos no me entregan a vos, existe un retiro donde nuestra alma se enajena, que me impedirá ser de otro hombre.

CLITANDRO.-¡Quisiera el justo cielo impedir en este día que reciba de vos esa prueba de amor!

****

ACTO QUINTO

ESCENA I

ENRIQUETA y TRISSOTIN

ENRIQUETA.-Sobre el casamiento que mi madre pretende, es sobre lo que he querido señor, hablaros cara a cara. Y he creído, preocupada por el trastorno de esta casa, que podría haceros entrar en razones. Sé que con mi mano pensáis que aporte una dote con bienes considerables; mas el dinero, al que tantas gentes vemos hacer caso, tiene para un verdadero filósofo escasos atractivos; y el desprecio de los bienes y de las grandezas frívolas no debe brillar solamente en vuestras palabras.

TRISSOTIN.-Precisamente, no es ese detalle lo que me encanta en vos; y vuestros hechizos, vuestros ojos dulces y penetrantes, vuestra gracia y vuestro aire, son los bienes, las riquezas que han atraído siempre mis anhelos y mis ternuras; de lo que estoy enamorado solamente es de esos inefables tesoros.

ESCENA VI
ARMANDA y CLITANDRO

ARMANDA.-Siento mucho, señor, ver cómo las cosas no se ponen demasiado de vuestro parte.

CLITANDRO.-Me esforzaré, señora, con todo mi ardor, para quitaros esa gran pesadumbre del corazón.

ARMANDA.-Temo que vuestro esfuerzo no logre un brillante resultado.

CLITANDRO.-Quizá veáis defraudado vuestro temor.

ARMANDA.-Así lo deseo.

CLITANDRO.-Estoy absolutamente convencido de ello y de que me secundaréis con vuestro apoyo.

ARMANDA.-Sí; voy a ayudaros con todas mis fuerzas.

CLITANDRO.-Vuestro servicio contará con mi gratitud.

ESCENA VII
CRISALIO, ARISTO, ENRIQUETA y CLITANDRO

CLITANDRO.-Sin vuestro apoyo, señor, estoy perdido; vuestra esposa ha echado por tierra mis propósitos, y su corazón prevenido quiere por yerno a Trissotin.

CRISALIO.-Pero, ¿qué fantasía la llevará a preferirle? ¿Por qué diantre habrá elegido a ese señor Trissotin...?

ARISTO.-Por la importancia que tiene el que rime en latín. Ésta es la ventaja conseguida sobre su rival.

CLITANDRO.-Quiere que esta misma noche se celebre ese casamiento.

CRISALIO.-¿Esta noche?

CLITANDRO.-Esta noche.

CRISALIO.-Pues esta noche precisamente, para oponerme a sus deseos, quiero yo casaros a los dos.

CLITANDRO.-He mandado en busca del notario para que redacte el contrato.

CRISALIO.-Y yo voy a buscarle para que haga lo que debe hacer.

CLITANDRO.-(Señalando a Enriqueta.) Esta señora debe estar muy informada por su hermana del himeneo a que quieren que condene su corazón.

CRISALIO.-A esta señora le ordeno, con absoluta potestad, que prepare su mano para esta otra alianza. ¡Ah! Yo les haré ver que, para cumplir la ley, no hay en mi casa otro amo que yo. (A Enriqueta.) En seguida volvemos; esperadnos. Vamos hermano, seguidme; y vos también, yerno mío.

ENRIQUETA.-(A Aristo.) ¡Ay! ¡Conservad siempre ese humor!

ARISTO.-Emplearé mis mejores recursos para servir a vuestros amores.

ENRIQUETA.-Quedo muy obligada a vuestra pasión tan generosa. Este amor tan desinteresado me confunde, y lamento señor no poder corresponderos. Os estimo tanto como al que más pueda estimarse; pero encuentro una barrera para poder amaros. Un corazón, y vos lo sabéis, no puede ser, de dos, y siento que del mío el único dueño es Clitandro. Sé que sus méritos son menores que los vuestros; que no tengo muy buena suerte para elegir esposo; que vos deberíais gustarme por vuestros cien bellos talentos... Pero veo que estoy equivocada; y no puedo remediarlo. Todo lo que sobre mí pueden los razonamientos, es criticarme mi maldita ceguera.

TRISSOTIN,-La entrega de vuestro mano, a la que me he hecho acreedor, me entregará ese corazón que Clitandro posee, y por medio de mil dulces desvelos, tengo razones para presumir que sabré encontrar el arte de hacerme amar...

ENRIQUETA.-No; mi alma se siente vinculada a sus primeros anhelos, y no puede, señor, conmoverse con los vuestros. Me atrevo a confesarme libremente con vos, y mi aclaración no creo que implique nada que pueda ofenderos. Este amoroso ardor, que agita a los corazones, no es, como es sabido, consecuencia del mérito; el capricho toma parte en él; y cuando alguien nos place, muchas veces nos cuesta trabajo explicar el porqué. Si se amara, señor,, por elección o por sabiduría, tendríais todo mi corazón y toda mi ternura; mas como se ve, el amor se gobierna de otro modo. Dejadme, os lo ruego, con mi ceguera, y no os valgáis de la violencia que para vos quieren transformar mi obediencia descontada. Cuando se es un hombre honrado, no se quiere deber nada al poder que tienen sobre nosotros los padres, repugna obligar a la inmolación al ser amado, y sólo se intenta lograr un corazón que nos quiera. No llevéis a mi madre a desear, con su elección, a ejercer sobre mis anhelos el rigor de sus derechos. Olvidad vuestro amor por mí y ofreced a otra los homenajes de un corazón tan caro como el vuestro.

TRISSOTIN. -¿Conocéis el procedimiento para que este corazón pueda satisfaceros...? Imponedle leyes que pueda aceptar. ¿Cómo puedo ser capaz de no amaros...? Tendríais que dejar, en primer lugar, de ser adorable y de privar a los ojos de los celestes hechizos que...

ENRIQUETA.-¡Eh, señor! Dejemos los galimatías. Cuando se tienen todas esas Iris, Filis y Amarantas, que tan seductoras brindáis en vuestros versos y por quienes juráis sentir tal amoroso ardor...

TRISSOTIN.-En ellos quien habla es el ingenio, no mi corazón. De ellas sólo se enamora el poeta; mas a vos os amo de verdad, adorable Enriqueta.

ENRIQUETA.-¡Eh..., por caridad..., señor!...

TRISSOTIN.-Si mis palabras os ofenden, mi ofensa hacia vos no está dispuesta a cesar... Esta pasión, pretendidamente ignorada por vos, os ofrenda un ardor de duración eterna. Nada puede detener sus irrefrenables raptos; y aunque vuestra hermosura condene mis esfuerzos, yo no puedo rechazar la ayuda de una madre que pretende coronar un ímpetu tan querido; y con tal de alcanzar esa encantadora felicidad, no me importan los procedimientos que haya de utilizar para que seáis mía.

ENRIQUETA.-Mas ¿no sabéis que se arriesga un poco más de lo que se piensa, tratando de exponer a la violencia a un corazón...? ¿Que no es muy seguro, hablándoos con claridad, casarse con una joven en contra de su voluntad, y que puede llegar a verse forzada a ciertos resentimientos temibles para el marido...?

TRISSOTIN.-Tal discurso no contiene nada inquietante. El sabio está preparado para todos los acontecimientos. Curado, en razón de las vulgares flaquezas, se siente por encima de todas ellas, y no consigue tener una sombra de disgusto por todo lo que en el fondo resulta ajeno a él.

ENRIQUETA.-En verdad, señor, estoy encantada   de vos, y no pensé jamás que la filosofía fuese tan bella como por lo visto es; que la filosofía enséñase de esa manera a las gentes a prevenirse constantemente de accidentes parecidos. Esta firmeza de alma, tan singular en vos, merece estar dedicada a una materia ilustre; es digna de encontrar quien acepte con amor los continuos afanes que la acreditan; y como a decir verdad, no me siento capaz de proporcionarle todo el brillo que merece su gloria, se lo dejo a otra, y os juro, entre nosotros, que renuncio definitivamente a la dicha de que seáis mi esposo.

TRISSOTIN.-(Yéndose.) Ya veremos muy pronto cómo marchan las cosas; parece que trajeron a un notario.

ESCENA II

CRISALIO, CLITANDRO, ENRIQUETA y MARTINA

CRISALIO.-¡Ah, hija mía, cómo me satisface veros! Vamos, venid pronto a cumplir con vuestro deber y a someter vuestros deseos a la voluntad paterna. Quiero, sí; quiero enseñar a vivir a la que es vuestra madre; y para dominarla mejor, a pesar de sus colmillos, aquí está Martina, a quien traigo de nuevo y vuelvo a colocar en mi casa.

ENRIQUETA.-Vuestras resoluciones son dignas de toda alabanza. Cuidad, padre mío, de que no sufra nunca un cambio ese carácter vuestro; manteneos firme en querer lo que deseáis, y no os dejéis llevar por vuestra blandura. Sin vacilar, haced todo lo posible para que sobre vos, triunfe mi madre.

CRISALIO.-¿Cómo? ¿Me tomáis quizá por un simple... ?

ENRIQUETA.-¡Presérveme el cielo de ello!

CRISALIO.-¿Me suponéis un fatuo...?

ENRIQUETA.-Yo no digo eso.

CRISALIO.-¿Me crees incapaz de imponer los firmes sentimientos de un hombre razonable?

ENRIQUETA.-No, padre mío.

CRISALIO.-¿Es que a la edad que tengo no puedo ser el dueño de mi casa?

ENRIQUETA.-Naturalmente.

CRISALIO.-¿Y tendría yo la pobreza de ánimo

de dejarme manejar por mi mujer...?

ENRIQUETA.-¡Ah, no, padre mío!

CRISALIO.-¡Hola! ¿Qué es esto? ¡Os encuentro demasiado complaciente, hablándome así...!

ENRIQUETA.-Si os he molestado, habrá sido involuntariamente...

CRISALIO.-En mi casa, lo que hay que acatar es mi voluntad precisamente, sobre todo. ENRIQUETA.-Muy bien, padre mío.

CRISALIO.-Nadie, excepto el amo, tiene derecho a mandar aquí.

ENRIQUETA.-Sí; tenéis razón.

CRISALIO.-Yo soy quien tiene la condición de padre de familia.

ENRIQUETA.-De acuerdo.

CRISALIO.-Y quien debe, por consiguiente, disponer de mi hija.

ENRIQUETA.-Efectivamente.

CRISALIO.-El cielo me ha concedido absoluta potestad sobre ella.

ENRIQUETA.-Pero, ¿quién os dice lo contrario...?

CRISALIO.-Y para casaros con un hombre, os haré ver que debéis de obedecerme en vez de a vuestra madre.

ENRIQUETA.-¡Ay! ¡Con vuestras palabras halagáis el más tierno de mis anhelos! ¡Ojalá seáis obedecido! Es únicamente lo que quiero.

CRISALIO.-Veremos si mi mujer se opone a mis deseos.

CLITANDRO.-Hela acompañada del notario.

CRISALIO.-(Ayudadme todo lo más que podáis!

MARTINA.-Dejadme. Yo cuidaré de animaros en cuanto lo estime preciso.

ESCENA III

FILAMINTA, BELISA, ARMANDA, TRISSOTIN, un NOTARIO, CRISALIO, CLITANDRO, ENRIQUETA y MARTINA

FILAMINTA.- (Al notario) ¿No podréis cambiar vuestro salvaje estilo y hacernos un contrato en un lenguaje bello...?

NOTARIO.-Nuestro estilo es muy bueno, y sería yo un necio, señora, si quisiera cambiar una sola palabra de las que usamos.

BELISA.-¡Ah, qué barbarie en plena Francia! Mas al menos, señor, en atención a la ciencia, servíos en lugar de escudos, de libros y de francos, expresarnos la dote en gestos y talentos, y fechar el escrito utilizando palabras como idus y calendas...

NOTARIO.-¿Yo? Si accediera a vuestras peticiones, señora, me ganaría la animadversión de todos mis compañeros.

FILAMINTA.-Nos quejamos inútilmente de esta barbarie. Vamos, señor; sentaos a la mesa para escribir. (Viendo a Martina.) ¡Ah, ah! ¿Cómo se atreve a presentarse aquí otra vez esa descarada...? ¿Por qué, si os place, la habéis traído de nuevo a mi casa?

CRISALIO.-Pronto, con mucho gusto, se os dirá la causa...

NOTARIO. -Procedamos a hacer el contrato. ¿Quién es la futura?

FILAMINTA.-La que quisiera casar es la menor.

NOTARIO.-Bien.

FILAMINTA.-(Señalando a Enriqueta.) Hela aquí, señor. Enriqueta es su nombre.

NOTARIO.-Muy bien. ¿Y el futuro...?

FILAMINTA.-(Por Trissotin.) El esposo que le doy es el señor.

CRISALIO.-(Por Clitandro.) Y el que-yo, en propia persona, pretendo que sea su esposo, es el señor.

NOTARIO.-¡Dos esposos! Me parece demasiado para la costumbre...

FILAMINTA.-(Al notario.) ¿Por qué os detenéis? Inscribid, inscribid, señor, a Trissotin, como yerno mío.

CRISALIO.-Inscribid a Clitandro, como yerno mío por mi parte.

NOTARIO.-Poneos pues de acuerdo y, con maduro juicio, elegid entre ambos cónyuges el futuro.

FILAMINTA.-Obedeced, obedeced, señor, la elección que he decidido.

CRISALIO.-Haced, haced, señor, las cosas que os mando.

NOTARIO.-Decidme, por favor, a cuál de los dos debo obedecer...

FILAMINTA.-(A Crisalio.) ¿Cómo es esto...? ¿Os oponéis a lo que deseo...?

CRISALIO.-No puedo permitir que se busque a mi hija tan sólo por el amor de los bienes que ven en mi familia.

FILAMINTA.-¡Quién piensa aquí en vuestros bienes! ¡Vaya una digna preocupación para un sabio!

CRISALIO.-En definitiva: yo he elegido a Clitandro para esposo de mi hija.

FILAMINTA.-(Por Trissotin.) Y yo quiero que tome al señor por marido. Mi elección será obedecida; está resuelto.

CRISALIO.-¡Hola! Lo decís en un tono demasiado terminante.

MARTINA.-Y no corresponde decidir a la mujer, que siempre debe estar en todo por debajo del hombre.

CRISALIO.-A no dudarlo.

MARTINA.-Ya es demasiado que se burlen del hombre cuando, en su propia casa, es su mujer la que lleva los pantalones.

CRISALIO.-Es cierto.

MARTINA.-Si tuviese yo marido, quisiera que fuera el dueño de mi hogar; no le amaría si fuese un hipócrita; y si discutiera con él por capricho, si le hablase demasiado alto, me parecería bien que me rebajase el tono con unas bofetadas.

CRISALIO.-Eso es hablar como es debido.

MARTINA.-Tiene razón el señor en querer para su hija un marido conveniente.

CRISALIO.-Claro.

MARTINA.-¿Por qué razón, joven y apuesto como es, despreciar a Clitandro...? ¿Y por qué, si os place, entregarla a un sabio que epiloga sin cesar...? Necesita un marido y no un maestro; y como ella no quiere aprender el griego y el latín, no necesita para nada al señor Trissotin.

CRISALIO.-Perfecto.

FILAMIINTA.- ¡Por lo visto tenemos que soportar que parlotee a su antojo!

MARTINA.-Los sabios sólo valen para predicar desde el púlpito, y yo no quisiera nunca, como digo siempre, tener un hombre de ingenio por marido. No se necesita mucho ingenio para el hogar. Los libros no le sientan bien al matrimonio; y yo quiero, Si alguna vez me caso, un marido que no tenga más libro que yo; que no sepa ni la A ni la B, aunque esto moleste a la señora; que no sea, en una palabra, doctor más que para Su mujer.

FILAMINTA.-(A Crisalio.) ¿Está ya...? ¿He escuchado con demasiada calma a vuestra digna intérprete?

CRISALIO.-Ha dicho la verdad.

FILAMINTA.-Pues para terminar esta disputa, es preciso en absoluto, que mi deseo Se cumpla. Enriqueta y el Señor. (Señalando a Trissotin.) Serán vinculados ahora mismo. Lo he dicho, lo quiero; que nadie me replique; y si habéis dado vuestra palabra a Clitandro, brindadle como solución que se case con la mayor.

CRISALIO -He aquí un arreglo en este asunto. (A Enriqueta y Clitandro.) Escuchad, ¿dais vuestro consentimiento?

ENRIQUETA.-¡Ah, padre mío!

CLITANDRO.-(Crisalio.) ¡Ah, Señor!

BELISA.-Podrían hacerse otras proposiciones, que quizá les agradasen más; pero exigimos una clase de amor tan depurado como el astro del día. La sustancia pensante no debe preterirse; mas rechazamos la Sustancia diluida.

ESCENA IV

Los mismos y ARISTO

ARISTO.-Lamento perturbar tan alegre ceremonia con el dolor que debo traer hasta aquí. Estas dos cartas me hacen portador de dos noticias, cuyos crueles alcances he Sentido por vos. (A Filaminta.) Una, os la envía vuestro. procurador. (A Crisalio.) La otra, procede de Lyon.

FILAMINTA.-¿Qué desgracia, que merezca trastornarnos, pueden escribirnos...?

ARISTO.-Esa carta contiene una que podéis leer.

FILAMINTA.-(Leyendo.) «Señora, he rogado a vuestro señor hermano que os entregara esta carta, que os revelará lo que no me he atrevido a comunicaros. El gran descuido en que habéis tenido vuestros asuntos ha sido la causa de que el oficial de vuestro relator no me haya advertido nada, y habéis perdido, Sin posibilidad de apelar, el pleito que debisteis ganar.»

CRISALIO.-(A Filaminta.) ¡Vuestro pleito perdido!

FILAMINTA.-(A Crisalio.) ¡No os alteréis demasiado! Mi corazón no se Siente mínimamente afectado por este golpe. Mostrad un alma menos vulgar y afrontad, como yo, los reveses de la fortuna. (Sigue leyendo.)«El poco cuidado que habéis tenido os cuesta mil escudos, y habéis sido condenada por sentencia del tribunal, a pagar esta suma y las costas.» ¿Condenada? ¡Ah, qué chocante me resulta esta palabra! Creí que estaba hecha solamente para los criminales.

ARISTO.-Ha hecho mal, en efecto; y es justa vuestra protesta. Debería haber puesto que os ruegan, por sentencia del tribunal, que paguéis lo antes posible cuarenta mil escudos y las actas correspondientes.

FILAMINTA.-Veamos la otra.

CRISALIO.-(Leyendo.) «Señor, la amistad que me une con vuestro señor hermano me hace tomarme un gran interés por todo lo que os afecta. Sé que habíais depositado vuestra fortuna en manos de Argante y de Damón, y debo comunicaros que los mismos han quebrado el mismos día.» ¡Oh cielos! ¡Perder uno así, de repente, todos sus bienes!

FILAMINTA.-(A Crisalio.) ¡Oh qué bochornoso arrebato! ¡Bah! ¡Todo eso no es nada! Para el verdadero sabio no hay ningún funesto revés, ya que, aunque lo pierda todo, le queda su propia persona. Acabamos nuestro asunto y disimulad vuestro disgusto. (Por Trissotin.) Sus bienes nos bastan a nosotros y a él.

TRISSOTIN. - No, señora; no activéis tanto el asunto. Observo que todo el mundo está en contra de este casamiento, y no entra en mis propósitos violentar a las gentes.

FILAMINTA.-¡Esta reflexión se os ha ocurrido hace poco tiempo! Parece relacionada, señor, con nuestro infortunio...

TRISSOTIN.-Me siento cansado finalmente, de tanta resistencia. Prefiero renunciar a todo este trastorno, y rechazo un corazón que no se entrega.

FILAMINTA.-Veo, veo en vos, y no precisamente en vuestro honor, lo que hasta este momento me resistía a creer.

TRISSOTIN.-Podéis ver en mí lo que queráis, y me importa muy poco como toméis la cosa; mas no soy un hombre que soporte siempre las repulsas ofensivas que tanto he tenido que sufrir aquí. Mi valía merece que se le haga un mayor caso, y yo beso las manos a quien no me quiere. (Vase.)

ESCENA V

Los mismos, menos TRISSOTIN

FILAMINTA.-¡Qué magníficamente se ha revelado su alma mercenaria! ¡Y qué poco de filósofo parece lo que acaba de hacer...!

CLITANDRO.- Yo no puedo presumir de serlo; mas en fin: quiero ligarme, señora, a vuestra suerte, y me atrevo a brindaros con mi persona, lo que todos saben que me ha dado la fortuna.

FILAMINTA.-Me cautiváis, señor, con ese rasgo generoso, y quiero coronar vuestro deseos amorosos. Sí; concedo Enriqueta a vuestro solícito amor...

ENRIQUETA.-No, madre mía; se me ocurre cambiar de pensamiento. Permitid que me niegue a vuestra voluntad.

CLITANDRO.-¡Cómo! ¿Os oponéis a mi felicidad...? Cuando veo que todo se rinde a mi amor...

ENRIQUETA.-Sé, Clitandro, que tenéis pocos bienes; y os he deseado siempre como esposo cuando, satisfaciendo mis más dulces anhelos, he visto que mi matrimonio arreglaba vuestros asuntos; mas, cuando tenemos tan opuestos destinos, os quiero lo bastante, y lo demuestro en este trance, para agobiaros con nuestro infortunio.

CLITANDRO.-Todo destino con vos me resultará agradable; sin vos, no podré soportar ningún destino...

ENRIQUETA.-El amor en sus arrebatos, habla siempre así. Evitemos la inquietud de cambios inoportunos. Nada desgasta tanto el ardor de este lazo que nos une como las tristes necesidades de la vida, y acabaríamos por culparnos mutuamente de todos los negros pesares que siguen a semejantes ardores.

ARISTO.-(A Enriqueta.) ¿Es tan sólo el motivo que acabamos de oíros el que os hace no consentir en el casamiento con Clitandro?

ENRIQUETA.-Si no fuera por eso, veríais precipitarse mi corazón hacia él; y no rechazo su mano, porque precisamente le quiero demasiado.

ARISTO.-Pues entonces, dejaos atar por tan bellas cadenas. Os he traído tan sólo falsas noticias, y ha sido una estratagema, una sorprendente ayuda, la que he intentado para servir a vuestros amores, para desengañar a mi hermana y para hacerle ver lo que resultan los filósofos puestos a prueba.

CRISALIO.-¡Alabado sea el cielo!

FILAMINTA.-Siento un gozo inmenso en el corazón, pensando en el pesar que tendrá ese cobarde desertor. He aquí el castigo de su innoble avaricia. Y ver con qué esplendor, por el contrario, se realiza esta boda.

CRISALIO.-(A Clitandro.) ¡Bien sabía yo que os casaríais con Enriqueta!

ARMANDA.-(A Filaminta.) ¿Así, pues, me sacrificáis a sus anhelos?

FILAMINTA.-No sois vos a quien sacrifico..., ya que os queda el apoyo de la filosofía para contemplar, con mirada satisfecha, realizados sus deseos.

BELISA.-Que él tenga cuidado al menos, pues yo sigo en su corazón. Con frecuencia, se casa uno en un arrebato desesperado, que nos hace arrepentirnos muchas veces durante toda la vida.

CRISALIO.-(Al notario.) Vamos; seguid el orden prescrito... ¡Y haced el contrato tal y como os he dicho...!